U0139998

超越巔峯 教育訓練機構

全球首席演說教練

吉姆‧卡斯卡特

從觀念到細節

▼▼▼ 迅速提昇你的演說能力

世界上最偉大的

53堂演說課

The Greatest Lessons For Speech

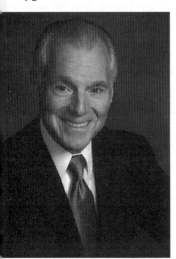

n Cathcart

Lin Yu Feng

40年專業技巧完整解析

教你演說博得滿堂彩

作者／

世界第一演說大師 吉姆‧卡斯卡特

亞洲提問式銷售演說權威 林裕峯

連袂推薦

國際演講者協會 (Toastmasters International)

博恩‧崔西 / 百萬暢銷作家、世界頂尖管理顧問、演說家

湯姆‧霍普金斯 / 國際銷售大師、百萬暢銷作家、演說家

馬克‧韓森 / 全球億萬暢銷書《心靈雞湯》作者、演說家

丹尼斯‧魏特利 / 行為學博士 / 獲勝的心理學作者

推薦序 1 ／ FRANCIS

本書用豐富的專業知識，為讀者提供寶貴的演說技巧。每一堂課都結合實際案例和具體建議，讓我能迅速應用到實際演講中。這本書不僅適合新手，也對有經驗的演說者有很大的幫助，是我演講之路上的指導明燈。」

 推薦序 2 ／ Evan Ooi Eng Keong

本書提供了一個全面的演說學習框架。書中詳細介紹了成功演說的步驟和注意事項，讓我在每次演講前都能有的放矢。這本書的實用性和深度讓我在演講中變得更具說服力，值得每位演說者認真閱讀。

推薦序 3 ／ Meond

在本書中，讀者將學到如何在演講中引人入勝。分享了許多成功演說者的秘密，並提供了具體的實踐技巧和案例分析。這本書不僅是技術的指南，更是心靈的啟發，幫助讀者在演講中找到自信與力量。

推薦序 4 ／企業風水策劃與命理顧問　黃淑君
Coey Ong Suk Kuan

通過本書，我對演說藝術有了全新的認識。分享了許多成功演說者的實用技巧和心路歷程，讓我在演講中更加自信且具影響力。這本書不僅是技術的指南，更是一個激勵我勇敢表達自己的啟示，強烈推薦給所有想提升演說能力的人。

推薦序 5 ／陳建汝

本書為讀者提供了一系列易於理解且實用的技巧。這本書不僅包含了成功演說的理論，還結合了實際案例，讓讀者能夠輕鬆學習如何在各種場合中自信表達自己。無論是在職場、社交場合還是正式演講中，這些課程都能幫助每位讀者掌握關鍵技巧，提升演說能力。

推薦序 6 ／富貴集團 Top Group（亞太區總冠軍集團） 漢林（服務總監）

本書是每位希望在演說領域取得成功者的必讀之作。書中詳細介紹了演講的各個方面，從基本的準備工作到如何處理突發狀況，不僅實用，還富有啟發性。這本書讓我意識到，演說不僅僅是技巧的堆砌，更是一門藝術，值得每位演說者深入探索。

推薦序 7 ／張藝汜

本書是一本改變演講者命運的書籍。吉姆・卡斯卡特用通俗易懂的語言,將演說的複雜技巧拆解得淋漓盡致,讓讀者能夠在短時間內掌握關鍵要素。每一堂課都充滿了實用的建議和啟發,無論是新手還是經驗豐富的演說者,都能從中獲得寶貴的洞見,提升自身的表達能力。

推薦序 8 ／張婉韻

本書是每位希望在演說領域取得成功者的必讀之作。是每位希望在演說領域取得成功者的必讀之作。書中詳細介紹了演講的各個方面,從基本的準備工作到如何處理突發狀況,不僅實用,還富有啟發性。

推薦序 9 ／ Morning Lee

本書是一本不可或缺的工具書，幫助我在演說中建立自信。書中不僅介紹了演說的基本要素，還深入探討了如何與觀眾建立聯繫，讓我的表達更具說服力。這些實用的技巧和方法使我在演講中表現得更加出色，強烈推薦給所有需要提升演說能力的人。

推薦序 10 ／芙瑞納　李姿（健康顧問）

本書是我對演說藝術的全新理解。用其專業經驗引導讀者，從基礎到進階，層層深入，讓我認識到良好的演說不僅僅依賴技巧，更需要情感與真誠的投入。

推薦序 11 ／輕創業導師　裴婷 Claire

　　本書讓我重新認識了演說的魅力。不僅傳授了技巧，還教我如何用情感打動觀眾。這本書的每一課都讓我感受到演說的力量，並提供了實用的策略，幫助我在每次演講中都能表現得更加出色。

自序

在我投入銷售培訓領域二十餘年後，很榮幸能與我的演說恩師——世界第一演說大師吉姆‧卡斯卡特，共同合著這本專業著作。這不僅是一次難得的合作機會，更代表著東西方銷售智慧的完美結合。

回首過去，我致力於發展適合亞洲文化特色的提問式銷售方法，透過無數次的實戰經驗與教學歷程，逐步建立起一套系統化的銷售演說培訓體系。當吉姆老師觀看我的演說影片後，認同我在提問式銷售領域的專業造詣，進而促成了這次難得的合作。

在亞洲市場，我深刻體會到華人在演說過程中面臨的獨特挑戰。正因如此，這本書的內容不只是理論的堆砌，更融入了大量實戰經驗與在地化的案例分析。我期待這本著作能為每位渴望在演說領域精進的華人，提供一個清晰的成長方向。

作為亞洲華人提問式銷售的推手，我深信：優秀的銷售技巧源於對人性的深刻理解，卓越的演說能力則來自不

斷的實踐與改進。

　　我深刻覺得每一個人，都應該要學會演說能力，因為舉凡，馬雲、馬斯克、比爾蓋茲、全世界各個企業家和各國的領導人，每一個人都會演說，所以如果人生要變得更好，演說是最重要的技能，而在這本書中，我將毫無保留地分享我的心得體會，期望能為華人銷售演說專業的發展貢獻一份心力，所以如果要讓人生，成為有影響力的人，這本演說的書，是您必讀的演說聖經。

林裕峯

亞洲華人提問式銷售招商權威

2024 年春

目 錄

推薦序 1 ／ FRANCIS /5

推薦序 2 ／ Evan Ooi Eng Keong /5

推薦序 3 ／ Meond /6

推薦序 4 ／企業風水策劃與命理顧問　黃淑君
　　　　　　Coey Ong Suk Kuan /6

推薦序 5 ／陳建汶 /7

推薦序 6 ／富貴集團 Top Group（亞太區總冠軍集團）
　　　　　　漢林（服務總監）/7

推薦序 7 ／張蕙汜 /8

推薦序 8 ／張婉韻 /8

推薦序 9 ／ Morning Lee /9

推薦序 10 ／芙瑞納　李姿（健康顧問）/9

推薦序 11 ／輕創業導師　裴婷 Claire /10

自序 /11

第一課：如何在舞台上表現自然 /17

第二課：掌握演講中的開場白和結束語 /21

第三課：在介紹你時要做什麼 /23

第四課：在演講中你首先要做的事情 /29

第五課：如何給演說做架構 /33

第六課：現場預備技巧 /37

第七課：演說什麼時候真正的開始 /41

目 錄

第八課：如何與你的觀眾產生連結 / 45

第九課：如何結束你的演講 / 51

第十課：何時結束你的演講？ / 53

第十一課：如何為每一場演講打扮？ / 59

第十二課：如何從糟糕的介紹中解圍？ / 63

第十三課：如何管理你自己的第一印象？ / 71

第十四課：如何改變觀眾從以前的事件或演說家那裡
學來的思維模式？ / 73

第十五課：如何向觀眾銷售會議的價值？ / 77

第十六課：有沒有講臺？ / 79

第十七課：貴賓席已經消失了 / 83

第十八課：繞場演講 / 87

第十九課：有卡片，筆記，講義還是都沒有？ / 91

第二十課：一個故事應該是多長？ / 95

第二十一課：有效地使用道具 / 99

第二十二課：寫好你的自我介紹 / 105

第二十三課：如何在觀眾之間演講 / 109

第二十四課：當在你之前的人演講超時 / 113

第二十五課：記得何時該微笑 / 117

目 錄

第二十六課：在演講時你該看哪裡？/ 119

第二十七課：找準舞台上的標記 / 123

第二十八課：問候不同的觀眾 / 127

第二十九課：保持你的聲音 / 131

第三十課：你在演講前的十分鐘需要做什麼？/ 137

第三十一課：發音問題 / 141

第三十二課：儘早看會議室 / 145

第三十三課：指導你的主持人 / 147

第三十四課：指導你的攝影師 / 149

第三十五課：注意你的能量和步調 / 153

第三十六課：了解你的模式和重複的問題 / 155

第三十七課：喉炎發作時該怎麼辦？/ 159

第三十八課：當停止工作時 / 165

第三十九課：經常拷貝節目單 / 167

第四十課：主題演講 VS 研討會 / 171

第四十一課：了解你的組織人員 / 173

第四十二課：前排是空的該怎麼辦？/ 177

第四十三課：讓技術支持你而不是阻礙你 / 181

第四十四課：如何成為故事中的人物？/ 185

目 錄

第四十五課：如何讓人們在休息後返回他們座位上？ / 189

第四十六課：以朋友的方式對待你的翻譯 / 193

第四十七課：在你的演講之後安排什麼？ / 197

第四十八課：你應該花時間去感謝誰？ / 201

第四十九課：做一個低維護的演講者，了解你在整個會議中的位置 / 203

第五十課：在你的網站上為他們提供價值 / 207

第五十一課：會議室災難與恢復策略 / 211

第五十二課：開始成為一名演說家 / 221

第五十三課：如何在演講行業中出名？ / 227

第一課：如何在舞台上表現自然

在過往四十多年的職業演講中，我收到來自觀眾最多的評論就是：「我真的非常欣賞你的誠意！」人們常說，當我在舞台上演講時，我看起來是那麼真誠，一點兒都不像是在作秀給大家看。這並不是觀眾對我阿諛奉承，而是千真萬確的！當我對觀眾演講時我說的全都是事實，這也正是我留給那些聽我演講的人們的固有印象。

如果你在舞台上想要表現自然，那一定要管理你的「意圖」，明確你的目的。這無關乎你所要講的內容，因為每個人都可以傳達相同的內容，重要的是你的「意圖」，「意圖」會決定內容如何被傳達。如果你的「意圖」（出發心）是真誠地幫助人們獲取他們需要的訊息，人們一定會意識到。如果你的出發心是帶著一份尊重，並語重心長地告訴人們如何在他們的世界裡與自己和諧相處，人們也定然會感受到你真誠的關心。

但如果你沒有培養對觀眾的關懷意識，那麼這將會改變你傳達內容的方式。所以，請務必管理你的意圖，說出事實真相並且不要嘗試著去刻意掩飾。在你要告訴人們事實真相時，一定要表現的謙恭有禮，恰如其分，並且要有職業素養。中國有句古話：「人非聖賢，孰能無過。知錯能改，善莫大焉」。如果你在演講過程中意識到出了問題，請務必及時調整並回歸到正確的演講方式中。倘若你沒有分外之想，那麼對你來說表現自然就會非常容易。

當你在舞台上能夠自然地表現，人們會非常相信你這個人並且會更加相信你所說的話。反之，如果你表現地不自然和虛偽時，人們將不會與你產生連結並且有可能連你所講的內容都一併錯過。

　　1. 如果你在舞台上想要表現自然，那一定要管理你的「意圖」，明確你的目的。

　　2. 如果你沒有培養對觀眾的關懷意識，那麼這將會改變你傳達內容的方式。

　　3. 當你在舞台上能夠自然地表現，人們會非常相信你這個人並且會更加相信你所說的話。

第二課：掌握演講中的開場白和結束語

　　如果你想在舞台上成為一個自信的演說家，那麼一定要掌握你的演講在開場和結束時所需要用到的言語。每當踏上舞台的第一步，一定要清晰地知道你想要說什麼。當演講即將結束並向觀眾致謝時，也一定要確切地知道你想說的話。你必須要會使用演講中的開場語和結束語並且無論如何要使之深入你的腦海。

　　對於一個演說家來說，最緊張的時刻莫過於他（她）第一次登上舞台和演講完準備離開的時候。為了確保你能夠正確的掌握演講中的開場語和結束語，那麼一定要提前知道你在開場和結束時要說的內容以及將要以何種方式表達出來。當然，如果狀況改變並且你有了不同的想法，你也可以按照你的新想法來進行。但是，請你務必自信、高效、清晰，並且正確地告訴觀眾你所想做的，

即使是你臨時決定要講與預設不同的內容或要運用不同的
表達方式。

❖ 本課摘要

　　1. 如果你想在舞台上成為一個自信的演說家，那
麼一定要掌握你的演講在開場和結束時所需要用到的
言語。

　　2. 為了確保你能正確的掌握演講中的開場語和結
束語，那麼一定要提前知道你在開場和結束時要說的
內容以及將要以何種方式表達出來。

　　3. 請你務必有自信、高效、清晰，並且正確地告
訴觀眾你所想做的。

第三課：在介紹你時要做什麼

你坐在候場室等待，下一個要上台演講的人就是你。主持人正站在舞台上向觀眾們介紹你。那麼在這期間你應該做些什麼呢？

很多人會回答到：「我會靜等上台演講」。顯然這不是最佳答案。作為一個職業演說家，你在候場時是有職責的。那麼在主持人介紹你時，你究竟該做些什麼呢？在這裡我給大家一些建議。

首先要注意的是，不要交叉雙腿。或許這聽起來不太重要，但的確會產生很大的影響。因為不交叉雙腿會使你氣血循環通暢，下肢循環通暢了，在你站起來要行走時才不會步履蹣跚。否則就會很尷尬，難道不是嗎？接下來，觀察你現在所處位置與將要演講的位置之間，會有一些東西擋道嗎？地面上會不會有電源線？有需要

繞著走的障礙物嗎？再看看你與聚光燈或做好標記要走過去演講的位置之間的路徑。

在你呼吸時，要氣從丹田而出，做一些讓你感覺放鬆的呼吸。從觀察的視角，雖看起來不是很漂亮，但會對你產生非常好的影響。氣從丹田而出會使你的橫膈膜放鬆，使你在開口講話的時候有更大的力量。當然注意聽主持人對你所做的介紹也很重要。在你進行氣息練習，關注走上舞台的路徑時，也要同步聆聽主持人的介紹。因為主持人的介紹有時可能會出現意外。比如：可能會說錯話，可能會顛倒事實真相，或者講錯你的名字等，那麼你就要決定在上台後是否將對此作出回應或是直接開始你的演講。

在面對觀眾時，請務必擁有正確的意念和情緒，並要開始培養對觀眾的關愛之情。如果你既沒有真正感覺到你對觀眾的價值，也沒有發自內心的尊重和欣賞他們，那麼這都將會在你的演講過程中流露出來。另外很重要的一點就是要注意觀眾是否能夠看見你。因為當主持人介紹

你的時候，很多觀眾都會試圖去尋找你。如果你坐在有利的位置，觀眾的目光就會由舞台和主持人轉向你。所以請注意你向觀眾傳遞著什麼訊息，甚至僅僅是你坐在那裡的非言語表達。

你不需要自我意識，只需知道其他人正在看你。如果主持人開始說一些聽起來好像是在吹捧的話，並且大談特談。你或許可以用以下幾種方式來回應；或轉動眼珠並且微笑，或搖搖頭，或做一些忽視類的手勢，亦或你只是平靜並嚴肅地坐在那裡。具體你會怎麼做我也不知道，這要取決於你演講的目的。還有很重要的一點，那就是你的麥克風打開了嗎？不要在上了舞台之後才檢查，你只需輕拍話筒即可，聲音會透過音響系統回傳，你就會知道你的麥克風是否已經打開。如果你帶了一個夾領式麥克風，確認麥克風是否打開尤為重要。倘若麥克風是有線的而不是無線的，你需要確認電源線是否完全插上電源，並且要確保電源線沒有纏繞在其它東西上。

請注意燈光在哪裡閃耀，那便是你走上舞台要走的

地方。請確保你站在聚光燈下做開場白時，你的臉上泛著光芒，你的眼神和你的面部表情能夠被全場的觀眾看到。在主持人對你做介紹期間，請注意如下事項：務必找準聚光燈位置，觀察上台路徑，聽主持人的介紹，運用呼吸法放鬆你的身體，還要檢查麥克風確保它是打開的狀態。做到這些，當你邁步走向舞台時，其實就已經充滿力量準備好為觀眾們做演講了，這對觀眾們來說真的非常有意義。

❖ **本課摘要**

1. 作為一個職業演說家，你在候場時是有職責的。

2. 首先要注意的是，不要交叉雙腿。接著做一些讓你感覺放鬆的呼吸。你在進行氣息練習，關注走上舞台的路徑時，也要同步聆聽主持人的介紹。

3. 在面對觀眾時，請務必擁有正確的意念和情緒，並要開始培養對觀眾們的關愛之情。另外很重

要的一點就是要注意觀眾是否能夠看見你，注意你向觀眾傳遞著什麼訊息，甚至僅僅是你坐在那裡的非言語表達。

4. 還有很重要的一點，那就是你的麥克風打開了嗎？不要上了舞台之後才發現要檢查。

5. 請注意燈光在哪裡閃耀，那便是你走上舞台要走的地方。

第四課：在演講中你首先要做的事情

　　在你將要進行演講時，首先要做的事情是什麼呢？這裡我將給你一些關於演講第一要義的建議。在演講時你首先需要做的就是和觀眾產生連結。當你走上舞台，請看著觀眾們的眼睛並說一些能讓觀眾和你產生連結的話語。有時候，我走上舞台時我會說：「你們當中有多少人曾經外出購物，雖然找到了你們喜歡的東西並且價格也很合適，但最終卻因為不喜歡他們的銷售方式而拒絕購買？有多少人是這種情況呢？」房間裡大部分的人都舉起了手。這時，我已經為我的演講設置了情境。接下來我會為觀眾們做一個銷售教育訓練示範並討論以客戶服務為導向的主題。在示範的過程中，我透過舉起自己的手，也期待觀眾們和我一樣，會舉起他們的手。我成功地吸引了觀眾，這是透過向觀眾提問的方式做到的。

還有些時候，在我邁向舞台時我會說：「早安，非常感謝你（在我看向我的主持人時說）。」我會銘謝我的主持人並接著說一些與我的處境相關的內容。有一次，我在一個觀眾圍繞舞台而坐的圓形劇場裡給一大群人演講，其中有一組觀眾坐在我的身後，當然也有坐在我側面和前面的觀眾。這是一個正式會議，所以我說到：「非常感謝主席女士。各位貴賓們、女士們先生們，大家早安！」接著，我繼續我的演講。有時候你需要有這些社交禮節，但請記住每次演講的第一要義還是和觀眾們產生連結。只要確保你和觀眾之間有一些共鳴即可。

　　在和觀眾產生連結之後，你要做的就是設置情境。想想你將要講什麼？為什麼要講這樣的內容？今天演講的目的是什麼？正如在一分鐘前關於銷售問題的例證，我給這個獨有的演講設置了情境。所以，你要與觀眾保持連結，為演講設置情景，表達出你在舞台上想要講的內容，而把其它可能會出現在你和觀眾們腦海裡的想法扼殺在搖籃裡。那首先你要做什麼呢？那就是和觀眾產生

連結。

1. 在演講時你首先需要做的就是和觀眾產生連結。當你走上舞台時，請看著觀眾的眼睛並說一些能讓觀眾和你產生連結的話語。

2. 在和觀眾產生連結之後，你要做的就是設置情境。想想你將要講什麼？為什麼要講這樣的內容？今天演講的目的是什麼？

3. 你要與觀眾保持連結，為演講設置情景，表達出你在舞台上想要講的內容，而把其它可能會出現在你和觀眾腦海裡的想法扼殺在搖籃裡。

第五課：如何給演說做架構

　　很多年前，那時候我還不是個全職演說家，而是在賣一些培訓資料。這要回溯到我在家鄉阿肯色州時。有一個週末，我接到一位牧師朋友的電話。他的名字叫比爾·派屈克，在小石城之外有一個社區教會。他說：「吉姆，你週日將會佈道」。我說：「哦，比爾，但我不是一個牧師，我週日不會佈道。」他說：「不，你會有一個你佈道的週日，因為我需要你。」我問他到底是什麼意思，他說：「我要飛到波士頓去，那邊有一場聚會，週日我將不在教堂這邊。我了解你並且我非常相信你。你之前在我的教堂裡見過很多人，我想讓你在週日去我的教堂佈道。」我說：「天哪，這可怎麼辦？我不知道如何做。」他告訴我：「吉姆，只是去祈禱並發表觀點，你將會做的非常好。」

　　我認為要想佈道，如果像他說的那樣，會是一個危

險且模糊不清的做法。雖然我需要多一些的演講架構讓我感覺舒適，但我說：「好吧，我會做這件事。」對於這件事我做了認真的準備。我祈禱並且思考，我是否應該去佈道？我將要如何佈道呢？人們從我講的內容會得到什麼樣的價值呢？最後我決定要講關於精神成長的內容，告訴大家如何在自己的信仰體系中成長並且踐行自己的信仰。這成為我的核心聚焦點，接著我按照一個朋友的建議來做準備。他說要想出三個要點，引出三個故事分別與這三點相切合，然後進行總結。簡要來講，就是三個重點，三個故事，每一個故事對應一個要點，然後進行總結。

我的三個要點如下。第一點：知道你的信仰，弄明白你真正信仰的是什麼（我記得非常清楚，因為我當時很擔心這麼做，這深深烙印在我的思想和情緒裡）。探究聖經或者其他的一些你正在研讀的聖典。仔細查看你信仰的作品並且領會你真正信仰的是什麼。知道你的信仰，然後講一個與之相關的小故事。

第二個要點是：學習、檢驗、探究你的信仰。這意味著把你的信仰帶入工作裡。把它呈現在陽光下並暴露一些其它潛在的批判性觀點，看看是否能經得住批判並站得住腳。如果不能，那麼或許你不是真正的信仰它，而只是在背誦一些其它人的信仰，並且你還沒弄明白你自己的信仰。

第三個要點是：活在你的信仰裡。如果你相信祂，就要付諸行動。如果這真的是你的一部分，就會在你的生命中呈現出來。我剛談論了要活在你的信仰裡，並分別對這三個要點匹配了故事，然後我做了總結。

那場演講可能比我生命中其它 50% 的演講有更大的影響力，因為它緊扣主題並且結構清晰，所以人們都能理解並把它與自己連繫起來。其中每一個要點都有與之匹配的故事論證，然後我進行總結並且呼籲大家要將想法付諸於行動。

你可以審視一場商業演講，一場政治演講，或者孩

子學校班級上的演講。請做同樣的事情。考慮你想說什麼，你所想說的包含哪三個要點，你如何能對每一個要點匹配一個故事或者舉一個例子（並且是非常簡短的例子），然後總結，並且請求人們把他們所學到的東西運用出來。

❖ **本課摘要**

1. 在演說前確認演講主旨及框架，按照框架進行演說。

2. 用生動的故事論證論點，最後進行總結。

第六課：現場預備技巧

　　到現在 40 多年了，我一直從事專業演講。對於專業演說家來說，要具備的基本技能之一就是現場預備。當你已經在會議上，這時能做什麼準備？你之前已經準備好了你的演講。例如：研究組織架構，為演講準備筆記，知道將要談論什麼。但是，現場怎麼樣？在會議現場，第一件事就是去增強你的意識。去看看會議室。了解飯店或會議召開地點是如何安排的。了解你的工作環境。環顧四周並去確定消防出口的位置。

　　如果你正站在那裡演講，這時火災或是其它一些緊急事件發生，這時你是可以掌控全場的人。你有麥克風，你必須要告訴人們朝哪個方向走。所以務必知道出口在哪裡。你還要準備好對客戶的意識，觀察到客戶發生了什麼。感受在會議中你適合站在什麼地方？看一看會議議程的材料。和在那裡的其他人談話，去感受正在發生和

接下來的可變因素。準備好你的意識。

下一步，在你演講之前，請確保你有一些私人的時間去準備好你的聲音。做一些放鬆嗓子的練習。深呼吸並做一些的肢體動作，這會促進你的血液全身流動。請確保你是完全清醒的，並且準備好去傳遞你的訊息。接著，準備好你的思想，對此做出正確的思考。複習筆記，弄清組織架構，回顧一些你為演講所做的研究。我稱之為「把它放在你的桌面上」。全部文件在你的電腦上準備好，因為如果你沒有把它們放在電腦的桌面上，就不能隨時點開它。演講也是如此，將所有的內容從文件夾中拿出來，打開文件，並映入腦海裡。你說「我已經知道這些內容」。是的，但是你是否足夠掌握到能脫口而出？將內容映入腦海裡，知道內容固然重要，但更重要的是在你需要時可以立刻回想起來。

緊接著，準備好你的心情。你在那裡需要以好的情緒去傳遞你所要呈現的。培養你的情感並且思考你演講的原因。所以，請在好的情緒裡。如果你沒有好的和恰當

的情緒，就不要開始演講。要找到一種能讓你自己有好情緒的方法，並且準備好對觀眾的察覺。

看看他們經歷了什麼，不僅僅要理解不同的公司和行業，理解觀眾，也理解每一個人正在經歷著什麼？他們是否被一些其它的事情所欺騙並且有持續的麻煩？他們是否在事業的頂峰並且有美好的時光？他們是否擔心你能夠把你的工作做好？了解你的顧客，盡你所能理解他們並且準備好你需要的工具。

準備好你演講所需的工具。不管是筆記，還是麥克風，或是你將要站在聚光燈下去講課的地方，要知道這些工具。在這個世界上最壞的事情就是看到一些不專業的演說家站在觀眾面前，開始坐立不安的輕拍麥克風。「咚咚咚，麥克風是開的嗎？能聽到嗎？大家能聽到我的聲音嗎？」或者，站在觀眾的面前，在演講期間多次使用筆記型電腦。這就像一個專業的音樂家來參加音樂會的開幕式，一上台就開始調整樂器而不是給觀眾表演。這是極度的不專業。所以，準備好你的工具。做好準備，

當介紹你要登台時，就帶著力量和感召力給大家傳遞訊息，這會對正在聆聽你演講的人們產生影響。

❖ 本課摘要

1. 在會議現場，第一件事就是去增強你的意識。確認環境，了解觀眾及主辦方需求。

2. 緊接著，準備好你的心情。你在那裡需要以好的情緒去傳遞你所要呈現的。

3. 準備好你演講所需要的工具。不管是筆記，還是麥克風等。

4. 做好準備，當介紹你要登台時，就帶著力量和感召力給大家傳遞訊息，這會使觀眾產生共鳴。

第七課：演說什麼時候真正的開始

　　演講從你一離開家的時候就開始了。讓我來解釋一下這是什麼意思。很多年以前，我去美國新墨西哥州的州府聖達菲參加一個活動。在我到了聖地亞哥的機場，我那時住的地方，有個人在櫃台與我同時登記check in。我向他點頭問好，他也點頭向我回禮。在機場，我走上前去安檢。我走到門口，發現他也在同一個航班。登機後，他坐在我後面的兩排。到了鳳凰城轉機，他和我依舊轉到同一架飛機上。我們到了阿爾伯克基市下了飛機，他和我走向街頭的同一個地方。顯而易見，我們的行程是類似的。

　　後來，我轉過身和他說話。我說你好，我是吉姆·卡斯卡特。他說，我是傑克·西馬。我問他將要去哪裡？他說他要去參加一個在佩科斯河的活動。我說我也是。原來我們是要去參加同一個活動。我們都住在聖地

亞哥，之前互相不認識。但我們認識許多共同的朋友。現在想像一下，我之前對這些情況一無所知，我只是對我的工作感到充滿喜悅，直到到了會議地點開始我的演講，這樣好嗎？或許那天我會過的非常糟糕，以至於我去喝斥別人，或許很粗魯，或許悶悶不樂。那這樣的話會給我第二天的觀眾—傑克留下什麼樣的印象呢？演講從你一離開家的時候就開始了。

有一次在阿肯色州的瓊斯伯勒，在我去青年商會開會的路上，我在麥當勞排隊。我記得站在我後面的一個人不斷撞到我身上，這真的讓我感到很煩惱。他一次一次地撞向我，後來，我決定告訴他。正當我做了一個深呼吸，準備去堅決地告訴他不要再撞我時，站在他後面的一個人對我說：「你是吉姆卡斯卡特，是嗎？」我說是的。他說：「我有一天在派恩布拉夫看過你的演講。非常棒！」，我差點在先前的觀眾面前就要尷尬了。當你做為一個演說家，你的聽眾要比你知道的多得多。在任何時候，當你去參加會議時，或許在計程車招呼站，或許在

機場接送車上，或許在飯店大堂和走廊，你要有意識地知道自己如何對待他人以及傳達給人們什麼樣的訊息。

另外一個我認識的演說家，有一次他和她的妻子共同參加一個會議。他還沒有在會場上發言，會議還沒有正式召開。他和妻子在大廳吃飯。那天晚上晚些時候，他將發表演講。他們說：「嘿，當我們上電梯的時候，讓我們找點樂子吧。」於是他們上了電梯，假裝彼此不認識。電梯裡面很擁擠。他仔細的注視著她，聞她的香水味。他說：「不好意思女士，你看起來太完美了。」她說：「非常感謝，你也挺帥的。」他說：「我今天晚一些的時候沒有什麼事情，我想知道你是否能夠來我的房間和我分享一杯香檳？」電梯停了，他們在同一層下了電梯。他們互相依偎著對方，沿著走廊邊走邊笑。那天稍晚，他走上舞台去演講。在第一排，坐在他面前正對著他的人，就是邀請他來演講的機構的首席執行官。這位首席執行官在電梯裡面就站在他們的後面。哈哈哈，做為職業演說家，你會經常在舞台上，而你永遠不知道什

麼時候會偶遇什麼人。

❖ **本課摘要**

1. 演講從你一離開家的時候就開始了。

2. 你要有意識地知道自己該如何對待他人以及傳達給人們什麼樣的訊息。

3. 做為職業演說家，你會經常在舞台上，而你永遠不知道什麼時候會偶遇什麼人。

第八課：如何與你的觀眾產生連結

　　我有一個非常好的朋友在不久前去世了，他是一位非常好的演說家。他的名字叫李夏皮諾，他是一名法官。他稱他自己為抱抱法官。他經常鼓勵人們去相互擁抱。他說你每天都需要幾個擁抱，這只是為了存活下來。他是一個非常快樂的人，傳達了非常非常積極、正能量的訊息。他告訴我他做過的一件事情，給我留下了深刻的印象。他說：「在我的演講筆記中，我總是在右上角寫著LMA。」我問他這是什麼意思？他說：「LMA 意味著愛我的觀眾，這鼓勵我去培養對觀眾強烈的感情。」我認為這是一個非常好的想法，所以下面是我如何來使用它。我寫下LRAMA，LRAMA 的意思就是喜愛，尊敬和欣賞我的觀眾。

　　在我演講之前，我坐在會議室看著觀眾們並對他們有正面的思考。我在考慮我所觀察到的什麼景象能讓我更喜

歡他們？我盡力培養一種我喜歡你的態度。也在尋找能讓我尊重觀眾的情緒，並且我在舞台上發表能讓他們感覺更好、更榮耀的評論。我會欣賞他們什麼呢？或許我欣賞的是他們一起度過艱難的時光。我給來自那個公司的觀眾說，即使他們的公司還沒有做到特別的好，但至少值得欣賞的是，他們並沒有停止做業務，也沒有為了賺更多的錢而做不道德的事情。這些就是你經常可以找到欣賞觀眾的理由。

當你為演講做準備而通讀材料時，去尋找一些能夠讓你在演說中提到時讓人喜歡、尊敬、欣賞的事情。另外一次，那是在很久以前，二十世紀七十年代末，在一個研討會中。我發現國際演說家協會的創始成員之一大衛‧約霍也在這裡。他演講了關於演說的內容，並且他提到了進入、參與、連結。進入觀眾的心，換句話說，他想在演講中做的第一件事情就是離觀眾的心近一點點。第二點是讓觀眾參與，進入觀眾的心並且讓觀眾參與。他會請求大家用手去展示，或者回答一個問題，或者讓他們都

站著或坐著。然後，第三件事就是和觀眾產生連結，無論是語言的連結，還是身體的連結，或者搖搖某人的手或者其它的什麼。這就是他的方案。

　　無論你做什麼，當你第一次站在舞台上，你在第一時間要做的事情就是設置觀眾們期待的情境，以及如何讓他們參與到這個特別的演講中。我記得在 1970 年代末 1980 年代初，有一次齊格拉在俄克拉荷馬州的塔爾薩市演講，他在那裡為了一個大特價（清倉）的集會。他走出來，停下，站穩，看向觀眾們並且說：「這裡有五個原因，就是這五個原因導致你的客戶即使到明天仍然不從你那裡買東西。那就是沒有信任，沒有錢，不著急……」他持續講完了五個原因。直至今日我依然記憶猶新，即使他做那場演講到今天已經三十年了。你會給觀眾留下什麼樣的第一印象是至關重要的。

　　有一次我去阿納海姆演講。我坐在房間的後面，有一個同事陪著我。我們在觀看這場演講，會議進行的並不順利，並且組織得很差。整場介紹令人很尷尬，演說

家與演說家之間的過場非常慢。有時候，舞台上根本沒有人，每個人都坐在那裡想知道接下來會發生什麼。許多事情都處理得不理想，房間也沒有以有效的方式展示給大家。我的同事坐在那裡開始評判：「你能相信這些人嗎？看看這都是些什麼呀。」我說：「不好意思，這或許是真的，但是我不能接受以你所討論的方式去考慮觀眾。我的同事所說的或許是真的，但是如果我培養那種意識，當我走上舞台時，我將似乎高人一等，表現出傲慢或評判的樣子。我需要把這些人當作獨立的個體來考慮，想想他們的工作是什麼，我要傳達什麼樣的訊息才能讓他們做得更好。」我的同事說：「你說的完全正確。」於是他閉上了嘴巴，我坐在那裡整理我的思路，當然那場演講進展的非常好。

你在演講前幾分鐘做什麼真的很重要，你如何在你的腦海中開始進入狀況前幾分鐘也很重要。所以，要有一些明確的思路：進入觀眾的心，讓觀眾參與，與觀眾產生連結。要喜歡、尊重並且欣賞你的觀眾，培養出對他

們積極的態度，你必能得到回報。

❖ **本課摘要**

1.LMA 意味著愛我的觀眾，這鼓勵我去培養對觀眾強烈的感情。LRAMA 的意思就是喜愛、尊敬和欣賞我的觀眾。

2. 我盡力培養一種我喜歡你的態度，也在尋找能讓我尊重觀眾的事情，並且我在舞台上發表能讓他們感覺更好，感覺更榮耀的評論。

3. 當你為演講做準備而通讀材料時，去尋找一些能夠讓你在演說中提到的讓人喜歡，尊敬，欣賞的事情。

4. 進入觀眾的心並且讓觀眾參與，和觀眾產生連結，無論是語言的連結，還是身體的連結。

5. 無論你做什麼，當你第一次站在舞台上，你在第一時間要做的事就是設置觀眾們期待的情境，以及如何讓他們參與到這個特別的演講中。

6. 你在演講前幾分鐘做什麼真的很重要，你如何在你的腦海中開始進入狀況前幾分鐘也很重要。所以，要有一些明確的思路：進入觀眾的心，讓觀眾參與，與觀眾產生連結。

第九課：如何結束你的演講

　　你會如何結束一場演講呢？當然，要完整的結束它。有很多人在演講的結尾徘徊，你不知道他們是否已經講完了，然後他們突然結束了演講。其它的人則是在等待他營造一個巨大的高潮。我認為結束演講要做的主要事情就是給觀眾總結你整場所講的。回顧要點，強調目的，重申一開始演說的目的。例如，你或許會說：「是否我們提高了顧客服務的水準和滿意度，如果有提高我們就會有更高的排名，有更高的水準去取得更高回報。所以讓我們聚焦於提高顧客服務指數，並且讓我們記得要具備的三個要點（描述 1，2 和 3）。非常感謝大家。」然後你就可以走下舞台。記得重申你演講的目的，複習要點，告訴人們今後用它來做什麼，然後呼籲大家要知行合一。讓這一切都很清晰，然後你的演講就結束了。

❖ **本課摘要**

1. 結束演講要做的主要事情就是給觀眾總結你所講的。

2. 記得重申你演講的目的，複習要點，告訴人們今後用它來做什麼，然後呼籲大家要知行合一。

第十課：何時結束你的演講？

　　你是否曾經一直坐在觀眾席上，聽到一個演說家不知道什麼時候結束演講或者不知道如何結束演講？有時候，他們不斷地尋找在哪裡結尾，就好像運用某種方式，結尾將會魔術般地呈現在他們的腦海裡或聲音裡，這樣演講就會結束。想知道什麼時候該停止演講，讓這件事變得更簡單吧。你要在觀眾停止聆聽之前停止演講。或許你會問，這樣公平嗎？但我們需要確保所講的內容有趣並且有價值，只要我們站在觀眾面前的舞台上是合適的，我們就應該繼續講下去。但是，當你的演講時間到了，就要停止演講。

　　我們需要對時間保持覺察，在舞台上看錶是可以的。快速的看一眼你的錶不會不專業，但如果你不停地看手錶將會使觀眾分心。大多數時間，如果你去看你的錶，觀眾們將會在此後不久看他們的錶。但是，

如果在演講期間，你可以找到一種方法小心謹慎地看一兩次錶，或著將錶放在講台上，這樣你在看錶時就不會分心，但請對時間保持覺察並且遵守議程。這裡有許多使用電腦，智慧型手機或其它的工具來保持準時的巧妙方法。

或許會有其它的原因，例如，有另外一位演說家或者其它活動在你之後，你的演講千萬不能超時。你或許會說：「請大家再等一下。給我的演講時間是一個小時，但剛才對我的介紹有些久了。我要講完一整個小時。」但我要說的是，不需要講完一整個小時，你要專業一些。用時間表上分配給你的時間去演講，如果你確實開始的晚了，也不要超時去講。在你演講的結尾，要回歸到議程上，使整個會議能夠按時進行。人們將會尊重和欣賞你所做的。你的演講要減掉的內容，是一些不必要訊息和不會對人們產生重大影響的訊息。

我告訴你，許多演說家不知道如何去裁剪演講內容。他們認為，所有的內容都是很重要的，如果我把他

們省略掉，天哪，觀眾會注意到的。不，觀眾是不會知道的。因為他們不知道你的大綱是什麼，也不知道你接下來要演講的內容。所以，如果你省略掉其中的一部分，觀眾們根本不會發現，除非你省略掉的內容改變了你所呈現的邏輯。如果你所準備的資料在演講中已經全都用完了，這時就可以結束演講了。

讓我來給大家舉一個例子。有一次在洛瓦，我被安排去給一組技術性很強的觀眾演講。他們不習慣與主持人互動。這是在我的演講生涯非常早的時候，也是最初的幾年。我有三小時的演講時間，也準備好了演講的材料。我在準備材料時認為我將會有 20% 的時間與觀眾互動，80% 的時間自己講。演講中時間比例如何分配取決於聽眾的類型，我甚至可能會增加與觀眾互動的時間比例。然而，在這次特別的演講中，觀眾參與度是零。我無論如何也沒能讓他們對任何事情做出反應。他們似乎有興趣，雖然寫下了一些東西，但一點也沒有和我互動。

接著我繼續往下講，我持續講了越來越多準備好的演

講材料，這比我所預期的要早，當我已經講完，還剩下半個小時。在快接近演講結束的時候，我考慮接下來我要做什麼。終於，靈感來了，最壞的打算就是盡力去延伸內容和講完演講時間。所以，當我把準備好的材料快要講完時，我給觀眾們總結，重申演講的要點是以展現為目的，我告訴觀眾們如何去運用這些想法，並且我是提前半個小時總結的。主辦方沒有批評我這樣的做法，他非常驚訝我能提前半小時講完，但我告訴他是因為缺少觀眾的回應。然後我們訪問了一些觀眾，他們從我所講的內容裡收獲到了他們所想要得到的價值，雖然針對我所準備的資料我們選擇錯了時限。呦，躲過了一劫，對吧？

當你講完，觀眾們也聽完。不要延伸內容去填滿時間。如果觀眾在你演講完之前已經聽完了，就找一個辦法總結並且結束演講。如果他們還在聽，最差的做法是拖延時間。有一個確保觀眾投入傾聽的最快辦法，就是讓他們參與。詢問他們一些例子或想法。問他們關於你

演講要點中的一點以及如何應用。一定要讓觀眾參與，如果不參與，他們就不會覺得和你連結，就不會像在參與時那樣投入感情。所以，請使用故事，因為故事會引起人們的想像。請用互動讓人們動起來，或舉起他們的手，或寫下一些東西，或用身體參與活動。請提出問題。當你問這個問題：「你們中有多少人⋯⋯」，然後舉起你自己的手表明你希望他們舉起他們的手。請使用視覺效果，因為這會讓人們處在一個不同的基準上。並且，運用自己的動作讓它有一定的意義，這些動作要與你所陳述的內容有關。以上所有要點都會幫助你與觀眾連結，以至於你繼續演講，觀眾們持續聆聽。當他們還在聽，你就可以結束演講了。

❖ **本課摘要**

1. 我們需要確保所講的內容有趣並且有價值，但是，當你的演講時間到了，就要停止演講。你要在觀眾停止聆聽之前停止演講。

2. 我們需要對時間保持覺察，用時間表上分配給你的時間去演講，如果你確實開始的晚了，也不要超時去講。

3. 一定要讓觀眾參與，如果不參與，他們就不會覺得和你連結，就不會像在參與時那樣投入感情。

第十一課：如何為每一場演講打扮？

　　你會如何為一場演講打扮？答案是合適就好。你要打扮地適合環境，符合身份。不要以觀眾的穿著方式去決定你的穿著，要以你在會議上的角色而定。如果你是婚禮司儀，那就穿禮服去做司儀。如果你是在發表主題演講，或是你是聽眾中的一員，那就不要穿和你其他聽眾一樣的衣服。有些人說，你穿得要跟他們一樣的衣服。我不同意。

　　要穿的比觀眾更正式或更專業一些，因為畢竟你是提出觀點的人。你要勝任教學、教育、領導、指引，影響人們的角色。為了達到這一點，你的外表要與你所講內容相匹配，所以要在觀眾面前穿著得體。你可能會問，假如你是一個會計，觀眾希望有一個可以教他們一些東西的會計人員，那麼你該如何穿呢？穿著要與你在會議上的角色相匹配。

例如，我穿了套裝參加會議。我能夠輕鬆地脫掉外套，這樣看起來更加放鬆。更進一步，我能摘掉領帶，捲起袖子，這樣可以做許多能讓我更輕鬆的事情。但是，在那裡把袖子捲起來，不繫領帶，然後在觀眾面前繫上領帶，穿上外套往相反的方向走去，這真的很難。顯而易見，在男士和女士之間有一些不同的方法。當你為了演講穿著打扮，請記得你的服裝、外貌、裝束是你所傳遞訊息的一部分。觀眾們會在聆聽你所說的同時留意這些。

❖ 本課摘要

1. 你要打扮地適合環境，符合身份。不要以觀眾的穿著方式決定你的穿著，要以你在會議上的角色而定。

2. 要穿的比觀眾更正式或更專業一些，因為畢竟你是提出觀點的人。你的外表要與你所講內容相匹配，所以要在觀眾面前著裝得體。

3. 當你為了演講穿著打扮，請記得你的服裝、外貌，裝束是你所傳遞訊息的一部分。觀眾們會在聆聽你所說的同時留意這些。

第十二課：如何從糟糕的介紹中
解圍？

你曾經被糟糕的介紹過嗎？你曾經被念錯名字甚至被用其他人的簡歷來介紹嗎？我就發生過這樣的事情。當然，我做這行已經有四十多年了，所以我體驗過所有糟糕的介紹。有一次主持人說：「好，這就是吉姆Catchright。」Cathcart 是我的姓氏，而不是Catchright，Cartright，Cartwell 等。我見到他們想出各種變化多端的拼音。有時候主持人會心神不寧，並且很緊張，最後會把整件事情搞砸了。

有一天，我在內布拉斯加州被安排去做一個演講，在我看見會議節目單時，發現那裡有一張我十年前的照片，所以它看起來像是我兒子的照片而不是我的。並且我的個人簡歷被寫成了另外一個男人的。這份履歷上的人根本不是我！這是另外一個和我同姓的男人，而他與

我是完全不同的人，來自完全不同的行業。所以，當我站上舞台去演講時，我說：「請每個人拿出你的節目單可以嗎？你能翻到有一個男人照片的那頁嗎？這個男人看起來像我過去的樣子。」他們都輕輕一笑。我說：「這裡有一張我十年前的照片。我欠你們一個道歉。顯然，是我的辦公室發錯了照片，並且不知道在什麼地方，把另外一個人的簡介混進來了。那個簡歷就在這裡，你是否能在上面畫一個大大的叉，那並不是我。讓我告訴你我是誰，以及為什麼我今天站在這裡為大家演講。」我和觀眾們渡過了愉快的時光，並且我確保沒有讓會議策畫人尷尬。我承擔了責任，把責任歸咎於我的組織，而不是會議主辦方。如果我責怪是他們的人把資料弄錯了，那就太尷尬了。這不是一個好主意，當然也不是一個好的開場方式。所以，我們對此開了一個小玩笑，並且我有機會告訴觀眾們為什麼我會在這個時候給大家演講這個主題。

還有另一狀況會發生，就是有時會有主持人講錯你的

名字，或講錯關於你的事蹟，你選擇不去回應他是因為這不值得去做。有時候，主持人犯的錯誤沒有足夠大到值得你去糾正。直接傳遞你的訊息，開始演講即可。

有一次，有一位演說家被一個非常仰慕他的主持人介紹，主持人站在那裡滔滔不絕地說：「哇，他是最棒的人！是領導權威！」、「是重要的思想家，是我們這一代最偉大的人之一。」諸如此類的話滔滔不絕噴湧而出。等到演說家站上舞台，你會期望他是第二個即將到來的基督或是其它的救世主。你會認為他是一個非常重要的人。但其實他只是一個普通人。我認為這位演說家的做法是非常明智的。他朝著麥克風走去並且說：「非常感謝你。讓我們直接開始演講吧。」

他非常嚴肅地看向觀眾並開始演講，甚至沒有回應這個介紹。他僅僅做了一個禮貌的銘謝就直接開始了他的演講。這是非常好的。你在類似那樣的情況下將會如何選擇，你不必直接回應，或者如果你願意，也可以做出明確地回應。如果他們提供的資訊太少，你想添加一

些。這時你可能想說，或者問你自己：「我將如何給觀眾做這個主題的演講？我知道關於這個主題的一些什麼內容？」讓我告訴你我所經歷的，和我曾經接觸過的人，這可能會幫你了解為什麼我今天要跟大家分享這個主題。然後，你給觀眾們簡單介紹一下自己。如果主持人確實為你做了一個很糟糕的介紹，意味著他們或許毀了你演講的心情，這時你要做一些修復工作。

有一次，我走進一間醫學會議室。這裡座位是分層安排的，你會走向凹進去的地方。這是在一個醫藥大學裡。有一位醫生在我之前演講，這次是為一群剛畢業或即將畢業的醫學院學生所做的實踐管理研討會。這位醫生曾經做過一個決定，讓學生們在完成課程後沒有機會回家和家人共度幾週，以前的課程安排也總是這樣。在學生們畢業之前，他們不得不在學校待上幾週，除了醫學訓練外還要進行幾週的實習管理培訓。他們對此都充滿了怨恨。就是這位醫生，做了這樣的決定導致大家都很恨他。他們很想看到他在會議室裡當場被長矛刺死。

天哪！在我的介紹人和學生之間充斥著一種令人驚悚的感覺。

這位醫生站上了舞台，看向學生們並且說：「你們表現地像個孩子一樣，你們要振作起來，坐端正並且集中注意力。無論如何你們今天必須要在這裡。你們別無選擇，所以要克服它。現在我們邀請了一位激勵演說家，他的名字是吉姆·卡斯卡特。或許他能幫助你。」接著，他便走出了會議室。我簡直要崩潰了，我看到我的生命從我的眼前消失。我當時非常的害怕，這是多麼糟糕的介紹啊！接下來我有三天時間與這些人相處，連續三天每天早上一個半小時。我處於極度恐慌的狀態。蹣跚的走向舞台，說了一些拙劣的話，告訴觀眾我不是來這裡激勵你的，動機來自於你的內在。那天我勉強結束了演講，表現的還算好。第二天當我再次回來演講時，表現的比第一天好一些，當然第三天比第二天好，但是都不算是相當成功。

現在，讓我們回溯到 1980 年代。我記得讀過一些評

論。朋友們，我要告訴你的是，如果你知道你搞砸了，在這種狀況下不要去讀評論。他們所做的一切就是加深你的憂鬱。我記得我所讀到關於會議的評論都是諷刺類型的，但其中有一條這麼說：「卡斯卡特好像是一個非常好的人，為什麼你們要如此對他？」當對你的介紹很糟糕時，一定要記得這不是關於你的，而是關於他們的，是關於會場上發生的事情。如果現在有機會再來一次，我能夠不受情緒影響，能夠重新考慮並且表現地更加明智。

今天，我將要說的是：「你們中有多少人真正相信你們需要激勵？」我會看出來的，觀眾們或許根本沒有任何反應。我將會說：「這是我所期望的。我今天不是來激勵你的，而是因為你們身處於此並且這就是一個課程。大家可以選擇以下兩種方式中的一個。我們可以坐在這裡抱怨，繼續累積所有我們對這件事的憤怒。或者我們可以看看是否能從中有所收穫。所以，我將會為大家演說，這是我要做的工作。如果你感覺想加入，當然可以，那就加入吧。我將會呈現好幾種觀點並且希望大家提問。

我很樂意幫助大家，希望這對大家來說是有意義的。所以，讓我們看看會收穫什麼吧。」然後，我會繼續進行演講，而不會去要求觀眾，最終可能會發現有幾個人投入其中。所以，當對你的介紹很糟糕時，不要讓它影響你的整個演講。不要把問題個人化，把它看成是環境形成的，並且看成這是對其他人的表現，其它人的關係，和一些其它的事。但是，記得做你的工作。做你在那裡應該做的事情。如果你只需要做展示，並在沒有觀眾支持的情況下完成它，那就做吧。如果你能帶觀眾去一個不同的方向，贏得他們的支持，那也一定要去做。

❖ **本課摘要**

1. 你曾經被糟糕的介紹過嗎？你曾經被念錯名字甚至被用其他人的個人簡歷來介紹嗎？如果有，你該如何應對？

2. 不要把問題個人化。做你在那裡應該做的事情。

第十三課：如何管理你自己的第一印象？

　　我認為我們可以管理自己的第一印象。我們是否能意識到自己是如何遇到其他人的，尤其是在我們將要演講的會場。在這種會議中，有可能你的名字或你的照片會被安排在節目單上。人們將會尋找一些看起來像你的人，或有你名字的標籤，或一些其它類似的事物。你的一言一行將會比其它人更加引起關注。

　　身為演說家，我們想確保並且做到的是要平易近人，看起來要像是一個真正的人而不只是一個名字。對於觀眾來說，你不是外人而是他們的朋友，來這裡是為了和他們分享一些觀點。雖然你是一個名人，但在觀眾眼中，如果你沒有非常崇高的地位，當你出現時，越平易近人、越自然、越友好，觀眾就越有可能接受你。在這個世界上，觀眾最不想看的就是演說家站在那裡，看

起來很重要的樣子，高高在上，妙語如珠地祝福他們。他們想被演說家看在眼裡並且聽到與他們息息相關的內容。順便說一句，要注意這些細節，無論是在走廊上，在餐館裡，還是在計程車招呼站和機場接駁公車上。無論在哪裡，你都可能偶遇其它人，而這些人有可能最後出現在你的會議上。所以，請管理你的第一印象，並且你要從準備去演講的那一刻起，開始建立你的第一印象。

❖ 本課摘要

1. 我認為我們可以管理自己的第一印象。作為演說家，我們想確保並且做到的就是要平易近人。

2. 雖然你是個名人，但在觀眾眼中，如果你沒有非常崇高的地位，當你出現時，越平易近人、自然、越友好，觀眾就越有可能接受你。

3. 無論在哪裡，你都有可能偶遇其它人，並且這些人有可能最後出現在你的會議上。所以，請管理你的第一印象，並且你要從準備去演講的那一刻起，開始建立你的第一印象。

第十四課：如何改變觀眾從以前的事件或演說家那裡學來的思維模式？

有一次我在亞特蘭大為三千人演講。在我之前出場的一位演說家一站上舞台就說：「大家好。這是一個殘酷無情競爭的世界，所以你必須先去攻擊別人，你必須很努力，而且永遠不能放棄。」這就是他的銷售訊息。他告訴觀眾，走出這裡你就是一個戰士並且要與這個世界戰鬥。

接著，我被介紹上台演講的主題是關係銷售。這似乎與剛才所講的完全相反。我必須想好如何去搭建一個橋梁，從剛才這位演說家所講的這種侵略對抗的態度，到我要講的如何與人們連結的內容，運用我講的方法客戶會把他們所有的生意都給你做。我仔細地考慮如何去講，也意識到了這個困境，於是自己做了一些筆記。

當我走上舞台我對大家說：「你們都知道，有時候這是一個殘酷無情競爭的世界，或許你不得不先去攻擊別人，努力並且持續地這麼做，但是，如果你的客人意識到你將可能會傷害到他，你會失去他們所有的生意。你同意嗎？」觀眾們說同意。我接著說：「所以讓我們討論如何運用關係銷售的方法，讓你不但可以贏得生意並且持續主導市場。」我繼續演講並且聚焦於我所講的內容，這一切似乎進展地很順利。你必須要做的，就是對你之前的演說家表現得很有禮貌，並且清晰地表達你自己的訊息。切記，禮貌和清晰。

給觀眾們建立一個橋梁，要從之前的看法通往你自己或你可能選擇的觀點，在有的情況下，你甚至不需要承認先前的訊息，只需要開始你自己全新的內容即可。讓觀眾們自己做轉化。但要知道這是有必要的，就是承認先前的影響依舊還在，並且在觀眾們剛剛聽到的與你將要說的之間有一些不連結，接著判斷你是否要去解決這個問題，或是留給觀眾們自己處理。

❖ **本課摘要**

1. 你必須要做的，就是對你之前的演說家表現得很有禮貌，並且清晰地表達你自己的訊息。

2. 給觀眾建立一個橋梁，要從之前的看法通往你自己或你可能選擇的觀點，在有的情況下，你甚至不需要承認先前的訊息，只需要開始你自己全新的內容即可。讓觀眾們自己做轉化。

第十五課：如何向觀眾銷售
會議的價值？

有一天我做了一件事情，從觀眾那裡得到了很好的回應，我認為我要與你分享。我站在那裡向觀眾講述關於學習的價值。我說，大家都知道，很多人開完會後會相互討論，你知道其中最大的價值是什麼嗎？人們在會議走廊，在晚餐期間也會相互談論。但不能只是相聚討論，而完全沒有會議。

好，我能夠理解人們如何得出那個結論，但那並不是事實。之所以在走廊和晚飯期間，在高爾夫球場的討論很有價值，那是因大家都參加過相同的會議，聽過相同的訊息。所以，舞台上所呈現的，介紹新產品這件事情，和一些其它在會議上所發生的事情，都適合混合在一起。這樣的混合會帶來一些真正有價值的討論，發生在走廊上，晚飯期間和高爾夫球場。當我向觀眾們指出

會議的所有價值，以及會議策畫者為此所做的付出。觀眾會認可會議策畫者就像英雄一樣，所有的這一切都是有價值的。而我贏得了觀眾發自內心地認可。

❖ 本課摘要

1. 之所以在走廊和晚餐期間，在高爾夫球場的討論很有價值，那是因為大家都參加過相同的會議，聽過相同的訊息。

2. 當我向觀眾指出會議的所有價值，以及會議策畫者為此所做的付出。觀眾們會認可會議策畫者就像英雄一樣，所有的這一切都是有價值的。

第十六課：有沒有講臺？

　　你是否應該有一個講臺呢？好，首先，讓我們明確什麼是講臺。講臺（podium）來源自於單字豆莢（pod）、腳（-ium）。換句話說，講臺是你要站在上面，而不是站在後面的地方。這是一個表演臺，頒獎臺或是演說家站的地方。但是，在現代社會，講臺這個單字與表演臺，頒獎臺或演講家站的地方用法一樣。所以，你是否有一個講臺，什麼是講臺呢？講臺是給一個人站的小平臺。如果你要找一個講臺，要確認你是否要得到一個講臺，他們或許給你一個小平臺而不是一個演說家站的舞臺。要明白你在找什麼。我經常嘗試用表演臺這個單字來代替講臺。如果他們回問我是否要一個講臺？我會首肯且樂於配合，因為表演臺已經成為了講臺這個單字最時尚的新解。但是，在表演臺上有講臺的感覺，成為了你和觀眾之間的屏障。

要確保你所講的內容給你和觀眾之間帶來動力，這樣是很好的，且要確保講臺足夠低，讓觀眾們能看見你的上半身和臉。確保燈光足夠，好讓觀眾們能看見你的面部表情，並且你要與觀眾眼神接觸。如果是一大群觀眾，要確保有一個攝影機全程錄影，有一個大螢幕投影，透過適當尺寸的投影，觀眾會與你有親近感。否則，最好從講臺後面登臺，並用更自然的方式演講。你演講的目的是什麼？需要更正式並且講究儀式嗎？或者是要帶領觀眾進行智力訓練？還是要與觀眾連結，用情感影響他們對事物的感受？是否要使用講臺取決於你的目的。

許多年以前，我在新罕布什爾州的康科德，被邀請去給康科德監獄青年商會做演講。當我走進監獄，我被帶進了一個大禮堂與體育館合併的地方。他們搬進來許多公園長椅並放在房間裡，囚犯們進來後都坐在這些公園長椅上。然後我站在其中的一個長椅上。接著我走向舞臺，站在舞臺上，我發現這裡不僅有一個主桌，而且在

主桌後面有一個講臺，以至於每一個演說家都感覺他們離觀眾有兩條街那麼遠。講臺不只在觀眾之上，而且遠離觀眾。我意識到如果我站在這個遙遠的位置，當有觀眾在會議上發言時，我根本不會與他們連結。所以，當我一被介紹，就對此表示感謝，然後走下舞臺，走到體育館地面上觀眾們坐的地方。我說：「讓我走下來，這樣我們就可以說話了。」當我這麼做的時候，我發現觀眾們坐的更直了，更加集中注意力了，並且我的演講進展順利。如今，雖是一個非常陌生的環境，但同樣的動力存在於許多商業環境中。盡力的去除與觀眾之間的屏障。以最好的方式與觀眾建立連結。

❖ 本課摘要

1. 講臺是你要站在上面，而不是站在後面的地方。這是一個表演臺，頒獎臺或是演說家站的地方。

2. 要確保你所講的內容給你和觀眾之間帶來動力，這樣是很好的，且要確保講臺足夠低，讓觀

眾們能看見你的上半身和臉。確保燈光足夠，好讓
觀眾們能看見你的面部表情，並且你要與觀眾眼神
接觸。

　　3. 盡力的去除與觀眾之間的屏障。以最好的方式
與觀眾建立連結。

第十七課：貴賓席已經消失了

　　貴賓席已經消失了，沒錯。貴賓席是過去時代的產物，在那時發展興盛。在過去貴賓席的一個重要的作用是，把領導和跟隨者，上級和下級，王族成員和平民百姓分隔開來。如果你回看貴賓桌的歷史，這要追溯到王族成員坐在貴賓桌上進餐，而平民坐在下面觀察王族用餐的時期。換句話說，這對其它人來說有一個非常明確的訊息，就是坐在貴賓席的人是特殊的和重要的。事實上，他們確實更加重要，這也是為什麼他們坐在貴賓席的原因。你或許會說，還有一些地方可以給王族用餐，是的，但在某種程度上，貴賓席是不會隨便安置的。如今，我們已經超越了那個時代。現在人人平等，大家習慣聚會。在現代社會中，人們相互之間更加歡迎和尊重對方，而不論等級和特權。所以貴賓席的作用與以往大不相同。

如今仍有一些使用貴賓席的方法。你說：「我想為政要、貴賓、來訪名流、公司老闆等預留特別席位。」好的沒問題，但要為會議而特別預定，這會讓演說家的演講和所展現的活動更加吸引觀眾。在開場時，你要感謝主辦單位預留了主層或前排的座位給你們。接著，會有一個舞台緩緩升起（舞台尺寸與房間匹配），有一個演說家站在那裡，還有一把合適的椅子。但最重要的，是演說家有一個地方為觀眾演講，觀眾有機會觀看和傾聽演講，並且不會因其他事情而分心，例如因為看見其他人，需要做筆記，和旁邊的人說話，吃水果，吃會議中提供的餐點而分心。請把這些東西從視線中拿開。給重要的人預留貴賓席位，如果你選擇了，也讓舞台成為一個演講的地方吧！

❖ 本課摘要

1. 在過去貴賓席的一個重要的作用就是，把領導和跟隨者，上級和下級，王族成員和平民百姓分隔開來。

2. 在現代社會中，人們彼此之間更加歡迎和尊重對方，而不論等級和特權。所以貴賓席的作用與以往大不相同。

第十八課：繞場演講

　　在很久以前，我 40 歲生日時，我的妻子寶拉送給我一張音樂會門票。這是一場尼爾‧戴蒙德的個人演唱會，在加利福尼亞州的聖地哥亞舉辦。當我們走進巨大的體育場，發現我們通過電話訂的票可能是全場位置最差的座位。我的意思是你可以花些時間看看能不能找到比我們更差的座位。我們的座位在舞台後面，座位區域的頂端背靠著屋樑，當走入舞台後面的區域就會離舞台很遠。好吧，祈禱那一晚尼爾‧戴蒙德能夠時常關心每一位觀眾，他能在舞台後面轉一圈並給坐在舞台背後的觀眾表演一兩分鐘。然後，再返回到舞台前面。

　　如今，在現場會為所有人呈現大螢幕，所以無論你在舞台後面還是前面，都可以完全看到，但在那時並沒有大屏幕。當站在一個要繞場演講的位置，大多數情況下，你當然不會像專業演員那樣贏得所有的鮮花與掌

聲。但是，如果你必須要給所有方向的觀眾演講，這裡就有一些技巧可以幫你。一方面，不要快速旋轉。不要站在那裡像一個苦行僧一樣到處去講。這樣會把觀眾們逼瘋，使他們迷茫，你自己也需要保持平衡。反之，你要給每一個方向的觀眾演講一分鐘，然後再給另外一個方向的觀眾演講。不要只是按 1234 的節奏走，像一個時鐘一樣。而是先給這邊的觀眾演講，然後再轉過身給那邊的觀眾打招呼並演講。首先轉過你的頭，然後再轉過你的身體。有時你可以用一分鐘的時間一邊給坐在這邊的觀眾演講，一邊回頭看向那邊的觀眾，然後再回來。

要有一定的目的性並且知道在觀眾席中不只有一個人，所以無論如何你不能只看他們一次。有時你坐在觀眾席中，舞台上的人正在看向觀眾們。或許那個人正在看他後面的三排，但因為從舞台到觀眾席的角度，你感覺他正在看你的眼睛。你曾經有過這樣的感覺嗎？有時當你看向一個方向，或許會有 30~50 人認為和你有直接一對一的眼神交流。所以要不斷地培養這種技巧，那麼在

演說中你就會有更大的影響力。

❖ 本課摘要

1. 當站在一個要繞場演講的位置，大多數情況下，你當然不會像專業演員那樣贏得所有的鮮花與掌聲。

2. 一方面，不要快速旋轉。先給這邊的觀眾演講，然後再轉過身給那邊的觀眾打招呼並演講。首先轉過你的頭，然後再轉過你的身體。

3. 要有一定的目的性並且知道在觀眾席中不只有一個人，所以無論如何你不能只看他們一次。有時當你看向一個方向，或許會有 30~50 人認為和你有直接地一對一的眼神交流。所以要不斷地培養這種技巧，那麼在演說中你就會有更大的影響力。

第十九課：有卡片，筆記，講義
　　　　還是都沒有？

　　有卡片，筆記，講義還是都沒有？當你打電話時你會想到什麼呢？你會把筆記拿在手裡嗎？如今，我看到演說家們做得非常好，他們站在觀眾面前，把筆記拿在手裡並且時不時地參考。通常，觀眾會和你一樣，面前有同樣的大綱。如果你和觀眾們共同瀏覽同一個大綱和講義，這會是非常有效的。如果他們沒有複印稿，似乎會有一點分散注意力。但是，我認為站在舞台上演講，偶爾拿起筆記是可以的，如果你需要的話，戴上閱讀眼鏡，從筆記上讀一些東西，然後你繼續演講，把筆記放在手邊，在需要時看一眼。你甚至可以直接參考你的筆記並說：「這裡有另外一件事我想確定一下，哦在這裡。」然後與觀眾分享那個範例。觀眾們不介意這種做法。有些人會用 3×5 吋的卡片。

通常，這麼做的是一些不專業的演說家。專業的演說家似乎不太可能用這些小卡片。我很久以前用過，並且發現小卡片是非常有限制性的，因為你不得不隨手拿著他們，這又是一個不同的技巧。我通常把演講大綱寫在一張紙上。把每一個幻燈片的名字或標識符寫在上面（如果我正使用的 PPT 幻燈片），這會告訴我在幻燈片的左手邊有什麼。然後，接下來我會記下來要說的故事，確保這幾點可以把問題講透澈，使人理解。但是，我看見過很多不同做筆記的技巧。

有一次，我去參加研討會，看到演說家提早到場，沿著前排桌子的前面準備了巨大的提示卡，觀眾們看不到，但他能夠看得非常清晰。當他站在那裡演講時，就向下看他為自己寫的提示卡。如果這能對你產生作用同時不會使觀眾分心就是好的，那就去做吧！我也看到有一些人使用在空中的幻燈片，紙板，把他們演講的筆記寫在上面。如今，你可以把自己的材料寫進 PPT 裡。當你看電腦時就能看見你的演講筆記，同時觀眾也可以看見。

這裡有許多關於做筆記的方法。但是，我主要想告訴你的是不要迷戀於技巧。這並不是很重要，要給觀眾們講對他們有正確影響的內容。我有一個朋友，當他上台演講時，一定會引起觀眾的回應。在演講過程中，當他談到特殊部分，會喚起並詢問觀眾們他所講的是什麼。觀眾會回應他並且他們相互交流，然後進入演講的下一部分內容，隨著演講進展，最終會回歸到主題上。所以，我有一個讓觀眾參與非常簡單的方法，這會讓觀眾投入其中，成為演講的一部分。很多次我告訴觀眾將會給他們閱讀一些內容。我拿起閱讀眼鏡把文本逐字讀給觀眾聽。讀完後我放下筆記繼續我的演講。我的工作進展的非常好並且很多次把筆記當成道具，這樣觀眾們也很受益。要確保無論是你所做的還是沒做的都是讓人舒服的，彷彿這是一個只有你知道的秘密。觀眾們知道你有筆記，而且使用筆記是完全能被認可的。

❖ 本課摘要

1. 如今，我看到演說家們做得非常好，他們站在觀眾面前，把筆記拿在手裡且時不時地參考。我認為站在舞台上演講，偶爾拿起筆記，如果需要帶上閱讀眼鏡給觀眾們閱讀筆記是非常好的。

2. 我也看到有一些人使用在空中的幻燈片，紙板，把他們演講的筆記寫在上面。如今，你可以把自己的材料寫進 PPT 裡。當你看電腦時就能看見你的演講筆記，同時觀眾也可以看見。

3. 這裡有許多關於做筆記的方法。但是，我主要想告訴你的是不要迷戀於技巧。

第二十課：一個故事應該是多長？

一個故事應該要多長？我不知道，根據一般的狀況來定是 3~5 分鐘，但是有時候會更久一些。實際上，有些演講整個都是故事。一個故事就是一個完整的演講。我最近聽到一個演講，這位演說家的整個演講就是講述攀登珠穆朗瑪峰的故事。當然，如果你需要，這裡也有一些故事你可以用，小型的演講要包含一個故事或一個例子。但你需要知道，每3~5分鐘你是在訴說不同的故事。

我有一個稱為「奶奶」的故事。我有一天早上去麥當勞，一個綽號叫「奶奶」的女性為我提供了非常好的服務。講述完那個故事要九分鐘。完整講那個故事所需的時間太長，所以我給觀眾只講故事中的一部分，並且講到 3~5 分鐘就會停下來。對另外有些觀眾我會講完整個故事。講短版本和長版本故事的目的是不同的。我會用長版本故事做培訓。用短版的故事，我只是向觀眾舉例

說明某個觀點，或者讓觀眾們玩的開心，或把某個觀點給觀眾講清楚。在更長版本的故事中，我會把故事拆開講。我會說，為什麼她會那麼做呢？這裡是一些背景，這裡是行為，這裡是行為如何運作的。那你認為她為什麼會那樣做呢？你認為她是因為得到報酬才去這樣做嗎？你認為如果她不這麼做將會有懲罰嗎？你認為她這麼做是因為訓練手冊上有要求嗎？是因為這是被期待的行為嗎？我和觀眾一起仔細分析這些故事並且討論是什麼會導致她給吉姆這種好的服務。我該如何把這些原則用在我自己的公司和他們的公司？所以，那個「奶奶」故事先作為在麥當勞經歷的小故事，然後成為一個消費者服務培訓的簡述，我會把它放進另外一個更大的演講中去講。省略故事中的一部分是可以的，因為即使你省略了觀眾也不知道，除非你省略的部分干擾了故事的邏輯。

我講的另一個故事是關於一個叫做提姆·西沃德的男人。我在提姆 19 歲的時候遇到他，如今他 30 多歲了我依舊很了解他。提姆這些年取得了很大的進展。當我

講關於提姆的故事時，我會講在我第一次遇見他的演講中，給了他一些理念，他回家後便開始應用，接著我會講他從中所獲得的成就，以及如何在那年年底贏得大獎。然後，我會講另外一個關於提姆的故事，關於他如今正在做什麼，以及他如何變得這麼富有和半退休的生活狀態。每一個小故事都是同一個故事中的一部分，但這個故事共有四個部分。我可以只講一部分，只講第一部分或前兩個部分，甚至是前三部分但並不提及另一個，這取決於我要完成演講所需要的內容。讓你的故事延伸或是縮短要建立在你要給觀眾什麼內容的基礎上。使之成為教學工具，並且你將會發現每個故事裡面會有更多的故事。許多時候，一件小事可以造成巨大的影響，在於你能否融會貫通。

❖ 本課摘要

1. 一故事應該有多長？我不知道，根據一般的狀況來定是 3~5 分鐘，但是有時候會更久一些。但你需要知道, 每 3~5 分鐘你是在訴說不同的故事。

2. 省略故事中的一部分是可以的，因為即使你省略了觀眾也不知道，除非你省略的部分干擾了故事的邏輯。

3. 讓你的故事延伸或是縮短要建立在你要給觀眾傳達什麼內容的基礎之上。使之成為教學工具，並且你將會發現每一個故事裡面會有更多的故事。許多時候，一件小事可以造成巨大的影響，在於你能否融會貫通。

第二十一課：有效地使用道具

例如，我寫了一本叫做《橡果法則》的書。很多次，我會通過舉起一顆橡子來介紹。我會問到，如果你是從一個橡子開始，你最終會成為什麼？顯而易見，最終會成為一棵橡樹。我會談論橡樹和橡子以及橡子成長需要什麼。我做了一個培養一顆橡子長成一棵巨大的紅杉樹的小片段，當然通過這種方法是不可能的。我會用它來強調一點，那就是如果一個人沒有認出他內在是什麼樣的種子，那就不可能用正確的方法，養育內在的種子長成所能成為的最好的樣子。僅僅一個簡單的道具，就可以用來強化書中全部的內容，橡果法則就是：培養你的天性。

我講的另外一個故事，是關於有一次我走進一個汽車輪胎店修理我的車，我舉起了道具。這個道具是我在1986年修理車子的維修單和已經完成修理的實際收據。

我要做的就是舉起道具並談論這個車，討論清單和講述進入經銷店的故事。然後我會說：「從最初購買新輪胎開始，到參觀結束後，汽車完全翻新了。」如果他們想查核這些實際上的服務記錄，我只需翻頁讓觀眾看，他們能看到這些是真正的收據。然後我對其進行了總計。在背面有實際地修理費用總計是 9,620.72 美元。透過使用這個簡單的道具，以這個故事為基礎，我真正地講清楚了關於維修汽車這一點。

我談論了客戶對經銷商的價值。我是因為輪胎走進那裡，雖然最終還是賣掉了那輛車，但已經在那裡做過價值 9,600 美元的服務。所以許多時候，一個小小的道具可以讓你的觀點非常有效。就像這個道具會使你的觀點更加引人注目。使用與橡子類似的道具非常簡單。還有一點，那就是大多數我們去的酒店都會有顧客滿意度調查。酒店會讓你填寫一個小表格。但是，真正對我產生影響的不是酒店而是瑞士航空。瑞士航空公司的反饋表前面是一位女士的照片，並且與其它大多數反饋表一樣會提

出很多小問題。但在這張卡片的前面，寫著「我們在乎嗎？」哇嗚，多麼棒的觀點。我們在乎嗎？這是顧客們真正想了解的。我們為顧客滿意度調查所使用的工具，把我們真正在意的觀念傳達給客戶。

有一次我在酒店房間裡發現一件小事。那就是在以前，酒店門內會為客人寫祈禱文，今天我願與你分享：「願這個酒店和這個房間成為你的第二個家。祝願你的夢想早日實現。祝願你的生意更加興隆。當你離開這裡，祝願你一路順風等等。」這是很好的客戶服務的例證。有時，我還會與你討論如何管理員工以及如何去感受。我從《今日美國》的報導上讀到一個被 1,600 名西南航空公司員工買下的滿頁廣告，用來祝福他們當時西南航空區董事長兼總裁赫伯·凱勒爾節日快樂的故事。另外一個重點就是運用簡單的工具把觀點講清楚。

我有一場討論你對顧客的態度如何在生活中表現出來的研討會。我過去常常會去銀行辦業務，收據上寫著：「聖地亞哥信託儲蓄銀行，錢在哪裡人在哪裡。」然後會

聲明你的收入是多少。上面寫著：「這是你的收據，請保留它來驗證交易。」就是這樣，後來他們賣給了第一州際銀行。他們說：「直到匯集之前所有信用項目都是臨時的。所有涉及檢查的存款都受最後的驗證和調整的支配。銀行可能對你任何存款項目保留所有已收取資金，這會延誤你提取資金的能力。請您保留收據直至核實。」

透過剛才的內容，你的第一感受是什麼？第一感受是友好的，開放的，簡單的。首先告訴你你有多少錢。接著告訴你這是合法交易，你最好小心一些。你對顧客的考慮方式會體現在日常生活中的點點滴滴，要認出這些資訊這是很重要的。這是另外一點，與我和一些公司一致。我會用它去例證一個特定的情境，來應對挑剔的組織。所以，你可以用多種方式使用道具。無論是複雜的方法還是簡單的方法。你可以從報紙上用簡單的剪貼，你也可以使用廣告，你可以用任何能說明你觀點的道具。關鍵是要把道具收起來直到被用到的時候。當你拿出道具使用時，就像我拿出我的橡子，把他放在光裡讓

人們看得更清楚。

要以你的道具為榮。換句話說，要尊重道具，當我談論到橡子，我輕輕地拿著它。把它展現的很好，而不會拿著它到處揮舞。所以，無論什麼時候使用道具，先把它藏起來，在你想展現它的時候就去展現。要以道具為榮，尊重道具。然後在用完時把它收起來。道具能為你做很大的貢獻，因為作為視覺和思維符號，道具能給聽者的心靈留下深刻的印記。讓道具為我工作吧。

❖ **本課摘要**

1. 如果一個人沒有認出他內在是什麼樣的種子，那就不可能用正確的方法，養育內在的種子長成所能成為的最好的樣子。僅僅一個簡單的道具，就可以用來強化書中全部的內容，橡果法則就是：培養你的天性。

2. 要以你的道具為榮。換句話說，要尊重道

具，當我談論到橡子，我輕輕地拿著它。把它展現的很好，而不會拿著它到處揮舞。所以，無論什麼時候使用道具，先把它藏起來，在你想展現它的時候就去展現。

3. 道具能為你做很大的貢獻，因為作為視覺和思維符號，道具能給聽者的心靈留下很深的印記。讓道具為我工作吧。

第二十二課：寫好你的自我介紹

　　這裡有一些技巧能讓你的下一次演講有更好的開始，寫下你自己的自我介紹。不是一個摘要，不是一個簡歷，不是講述你所做過的所有事情，而是一個介紹。這個介紹所包含的要素，正如戴爾‧卡內基常講的：「為什麼這個演說家要在此時此刻給觀眾們講這個主題呢？」演說家、觀眾、這個時間、這個主題。好的介紹能夠很好地為聽眾和演講者解釋這些內容。無論你在什麼時候準備自我介紹，都要給它增添趣味。如果趣味增添到恰到好處，別人會更容易使用。看在上帝的份上，要指導你的介紹人為你服務，為你建立信譽，或者克服誤解等等。

　　這裡有一個介紹，我通常在外演講時會使用它，我會寫這個自我介紹完全是因為我要用它。我甚至在自我介紹中寫道：「你注意到，這是一個相當簡短的介紹，請按照所寫的內容精確地讀給大家。」並指出這是寫給主持人

的。其中直接涉及到一些吉姆所要談及的要點。內容寫道，我們今天的演說家是卡斯卡特研究所創始人兼首席執行官，是團隊商業顧問，他與行政發展，職業演講和銷售提高領域的所有者、領導、高階主管在一起工作。他是 MentorYou.com 的聯合創辦人，是線上私人學習中心的開發者。他是十三本書的作者，其中有兩部暢銷書《關係銷售》和《橡果法則》。在 2000 年《橡果法則》的電子書版本是全國 2,000 本電子圖書中的第二大暢銷書。史蒂芬金是第一名。

如今，在那一小段介紹中，所提到的是演說家是本組織的主席並與下列類型的人一起工作。因此我在建立可靠性的時候做了一些小廣告。MentorYou 的聯合創始人，線上私人學習中心的開發商。我再次建立的可靠度超越了卡斯卡特機構，向他們展示了我也熟悉線上問題和網上學習等等。然後，我談到電子書因為有一個電子書是獨特和流行的。我的電子書是 2000 年度選出的 2,000 個作品之一，並且它在全國排名第二，作為暢銷書，僅僅排在

史蒂芬金之後。我之所以說史蒂芬金是第一名，是因為無論你告訴觀眾你是第二名還是第三名，他們將會說我想知道誰是第一名和第二名？那不妨提前告訴他們。

接下來是自我介紹的第二部分：「但是，我們的演說家有更有趣的一面。他也是夜總會歌手，酒吧男招待，票據收款人，心理學研究者，摩托車銷售員，銀行家，保險代理人，培訓負責人，會議策畫者，協會執行者，互聯網企業所有者。他或許不能很好地工作但是他可以抓住觀眾們的心。讓我們歡迎吉姆·卡斯卡特。」之所以這麼介紹是想要告訴觀眾我也是一個普通人，我所做的其它事情不一定是觀眾所期望的。在主持人介紹完的時候，我知道觀眾們在思考，天哪，這個人無法好好工作。回到 30 年以前我就可能以這種方式開場演講：「他或許不能掌控工作但他可以抓住觀眾的心。讓我們歡迎吉姆·卡斯卡特。」因為這是樂觀積極的音符。主持人會覺得很開心，會拿我開玩笑。我贏得了觀眾們的信任，演講進行得很好。要寫下自我介紹來完成你所想完成的事。

❖ 本課摘要

1. 無論你在什麼時候準備自我介紹，都要給它增添趣味。如果趣味增添到恰到好處，別人會更容易使用。

2. 主持人會覺得很開心，會拿我開玩笑。我贏得了觀眾們的信任，演講進行的很好。要寫下自我介紹來完成你所想完成的事情。

第二十三課：如何在觀眾之間演講

你曾經需要站在觀眾之間演講嗎？當你在舞台上，可以用不同的方法來處理。例如，燈光或音響出現問題，麥克風壞了。你會怎麼做？你會站在那裡等人過來解決問題嗎？還是試著自己修理並分散觀眾注意力？或者你會請求某人幫忙，自己走進觀眾裡大聲演講並聽觀眾的發言？最近在科羅拉多州，這件事碰巧發生在我身上。

會議是在與酒店相鄰的機構裡舉行的，但是酒店停電了。暫時停電是可以的，但當他們檢修電力狀況時會議室也停電了。我站在會場的中間，正在使用PPT，突然麥克風停了，PPT也停了，房間變得很暗。如果你在類似的情況下會怎麼做？我說：「有人可以去打開窗簾讓光透進來嗎？」有幾個上前去打開了窗簾。我走下舞台走進觀眾席中說：「顯而易見，現在停電了。已經有人去解決這個問題了。我們可以休息一下，但我們在幾分鐘前剛剛

休息過。或者我們可以繼續開會。讓我們繼續開會吧，你們怎麼認為呢？」觀眾們都說好的。我走到觀眾中間繼續我的演講。幾分鐘後，後面的幻燈片出現在了螢幕上，電來了，但是處理幻燈片的人不知道如何操作我的電腦，不知道要查看哪些文件等等。所以後來我的演講中沒有使用幻燈片。

從那以後，吃一塹長一智，我把幻燈片示範文檔放到了電腦桌面，命名為幻燈片示範文件夾。其中每一個文件都有以客戶名字和會議日期命名的標題，例如，神職人員的人壽保險，2002 年六月二日，非常的簡單明瞭。這樣他們將不會環顧四周而找不到了。我也不需要引導他們一步一步地學。還有很重要的一點，當你站在觀眾之間，要慢慢地從容不迫地走，腳步不要快，更不要在房間裡跑來跑去。要有目的感地從一點移步到另外一點，並且能照顧到房間裡的每一個人。當你想強調重點時停下來。站穩腳跟後再傳道授業，正如大家所講的為人師表。如果你在強調重點時沒有走動會更有力量感，

在向觀眾闡述觀點時可以用一些你想使用的動作。有時候，要看向房間裡所有的人，有效的方法是走到房間的一邊，並離很多其它的觀眾很遠。當你站在這邊，能夠看到那邊的觀眾並對他們演講，這樣房間兩邊的觀眾都會與你有親近感。有時候事情也會出錯，例如舞台上的燈光不夠亮，但是如果你足夠靈活並做好走進觀眾的充分準備就能夠很好地傳達訊息，並成為觀眾中的一部分。

❖ **本課摘要**

1. 你曾經需要站在觀眾之間演講嗎？當你在舞台上，可以用不同的方法來處理。例如，燈光或音響出現問題，麥克風壞了。你會怎麼做？

2. 我把投影片示範文檔放到了電腦桌面，命名為幻燈片示範文件夾。其中每一個文件都有以客戶名字和會議日期命名的標題，這樣他們將不會環顧四周而找不到了。

3. 當你站在觀眾之間，要慢慢地從容不迫地走，

腳步不要快，更不要在房間裡跑來跑去。要有目的感地從一點移步到另外一點，並且能照顧到房間裡的每一個人。如果你在強調重點時沒有走動會更有力量感，在向觀眾闡述觀點時可以用一些你想使用的動作。

　　4. 有時候事情也會出錯，例如舞台上的燈光會不夠亮，但是如果你足夠靈活並做好走進觀眾的充分準備就能夠很好地傳達訊息，並且成為觀眾中的一部分。

第二十四課：當在你之前的人演講超時

當其他人演講超時，你會怎麼做？而且下一個就輪到你演講了，他們佔用了你的時間，你會怎麼做？誰來提醒他們呢？我建議由會議負責人來通知。你不要主動親自去提醒他們，除非這是你的會議。如果你不是會議負責人，而只是下一個演說家，那就讓會議負責人去處理這個問題。如果他們沒有處理，你不能對剩餘時間不足而追究責任。所以，只在剩餘的時間去傳遞你所知道的並使之產生很好的效果。這才是專業演說家該做的事。但是，如何去刪減，扣掉哪些內容呢？不要刪減重要訊息，要減掉熱場的部分和一些例證，要抓住重點，我這裡有一個例子和大家分享。

很多年以前我在靜水市（Stillwater）為奧克拉荷馬人壽保險商協會演講，他們全天都有安排不同演說家演

講。我被安排在上午，在我演講完之後大家會去午休。那天早上所有的演說家都演講超時了。沒有例外，在我之前的演說家佔用了我的時間，最後我只剩下 19 分鐘的演講時間。而我的演講本來應該是一個小時。這時會議策畫者走上前說：「不不不，請大家繼續留在場內。我們還有一位演說家。」觀眾們便開始抱怨。會議策畫人說：「不要這樣子，你們將會喜歡這位男人的。」並且他讀完了我的介紹。我知道要用 19 分鐘去傳遞一小時的演講內容，而且當時大家都想離場，因為那天早上他們沒有充分休息，而且接下來是午餐時間。所以，他一介紹完我就跑上了舞台，跑是向觀眾表明緊迫性。跳上舞台的我說：「你們將會見證我用 19 分鐘傳遞一個小時內容的奇蹟，請準備好你的筆。」然後我直擊主題。分成 1，2，3，4 點來講，然後進行總結並走下舞台。觀眾都起立鼓掌，他們很喜歡這樣的演講。會議的策畫者很激動，因為我做的很好並且出人意料，感謝上帝保佑，但是很多時候我們並不是那樣準備的。

要提前知道會有這種事情發生，有時候你需要處理這種情況。要在這些案例中關注你想得到的而不是你想傳遞的內容。這並不關乎於你的演講內容，而是關乎於你如何影響了觀眾。所以，看看時間表，刪減掉不是完全必要的訊息，帶著信念傳遞資訊然後走下舞台。你和觀眾們都會為此而更加幸福快樂。

❖ **本課摘要**

1. 當其他人演講超時你會怎麼做？而且下一個就輪到你演講了，他們占用了你的時間，你會怎麼做？

2. 如果你不是會議負責人，而只是下一個演說家，那就讓會議負責人去處理這個問題。如果他們沒有處理，你不能對剩餘時間不足而追究責任。

3. 只是在剩餘的時間去傳遞你所知道的並使之產生很好的效果。這才是專業演說家該做的事。但是，減掉什麼內容呢？不要刪減重要訊息，要減掉

熱場的部分和一些例證，要抓到重點，

　　4. 我直擊主題。分成 1，2，3，4 點來講，然後進行總結並走下舞台。觀眾們都起立鼓掌，他們很喜歡這樣的演講。會議的策畫者很激動，因為我做的很好並且出人意料。這並不關乎於你的演講內容，而是關乎於你如何影響了觀眾。

第二十五課：記得何時該微笑

　　這裡快速地講一個問題，就是要記得什麼時候該去微笑。當其他人看著你的時候要微笑。當你是一個職業演說家，當你是會議的重要人物，當你是下一個登台的演說家，大家都在看著你。你應該在演講期間始終保持微笑嗎？你應該坐在那裡帶給大家虛偽的微笑嗎？不，你應該做的是去識別你什麼時候微笑會更有吸引力。當你微笑的時候，你會更有感召力。當你微笑的時候，無論是否有有趣的事情，微笑會使你的臉龐更加活潑生動。微笑會為你的眼睛帶來光芒。所以，無論你什麼時候演講請記得微笑，並且培養一種自然微笑的習慣。我記得我的一位朋友，有一次他的孩子問他是否很生氣，他說沒有啊，為什麼要這樣講？孩子回答，那是因為你的臉看起來是一副很生氣的樣子。你可能想告訴大家你並沒有生氣，那就讓微笑處處閃耀吧。看在上帝的份上，如果你

的心情很好，請直接呈現在微笑裡。如果你心情不好，那就不要跟觀眾分享。

❖ 本課摘要

1. 當你是個職業演說家，當你是會議的重要人物，當你是下一個登台的演說家，大家都在看著你。你應該在演講期間始終保持微笑嗎？

2. 當你微笑的時候，你會更有感召力。當你微笑的時候，無論是否有有趣的事情，微笑會使你的臉龐更加活潑生動。微笑會為你的眼睛帶來光芒。

3. 無論你什麼時候演講請記得微笑，並且培養一種自然微笑的習慣。

4. 如果你的心情很好，請直接呈現在微笑裡。如果你心情不好，那就不要和觀眾分享。

第二十六課：在演講時你該看哪裡？

　　你在演講過程中會看哪裡呢？你是看你的筆記嗎？還是看你的觀眾呢？或是看螢幕上的幻燈片呢？要看向哪裡呢？我建議你大多數時間看觀眾。看其他事物也是可以的，只要不分散注意力。你知道在這個世界上的零售業中，要感謝的是收銀機。想想看，當你走進商店，有一個人在收銀機旁為所有人結帳。如果在促銷，顧客會說非常感謝你，接著他們所感謝的不是這個人而是收銀機。看在上帝的份上，如果你想對某人說謝謝，要看著他們的眼睛。在演講中看哪裡呢？我建議你養成在演講中多留意你看哪裡的習慣。

　　我發現我有看房間一邊比另一邊多的習慣，透過兩三場演講，我能夠改進並花更多的時間給每一個區域的觀眾。如果你能在腦海中把觀眾劃分四組：中間偏左，中間偏右，最左邊，最右邊。在你看觀眾時，就能把注意

力從一邊轉向另一邊。不要以 12344321 的節奏看，因為這樣你看起來就像一個機器人。取而代之，你要看一會兒這邊的觀眾並對著他們演講，然後再看著那邊的觀眾演講，這樣你所做的事情就會有多樣化性。看起來也更自然。在你習慣之前或許感覺不到，但在觀眾看起來是很自然的。

不要一直只看那些認真聽你說話的人。看他們當然是需要的，你可以從中獲得鼓勵，但你也要看其他人，使你的目光擴散到房間每一個人那裡。如果現場有吵雜，注意力不集中，惱怒，或以某種方式給你傳達壞消息的人，不要聚焦於他們。你可以去注意他們一次或兩次，但不能把他們當成焦點，這會影響你說話的方式，也會讓你感覺沮喪。選擇你要看的觀眾和你看待觀眾的方式。並且記住，如果你要看你的資料，要瀏覽足夠久來獲取資訊。如果不夠久，要對著螢幕，對著筆記，或是沒有人的地方講。

❖ 本課摘要

1. 你在演講過程中會看哪裡呢？我建議你大多數時間看觀眾。看其他事物也是可以的，只要不分散注意力。

2. 如果你想對某人說謝謝，要看著他們的眼睛。

3. 要很自然地照顧到每一位觀眾，不要一直注視著某一人。

第二十七課：找準舞台上的標記

在劇院，他們告訴你要找準你在舞台上的標記。這意味著當你出現在舞台上，走向你應該走到的地方，因為那個的地方的燈光和所有東西都已經為你準備好。站在舞台上的標記處把你的台詞講出來。很多時候都會有真正的標記，就像一個小的膠帶黏貼在地面上，這樣你會知道你要站的地方就在那裡。

在演講環境中有同樣的事情是真的。要知道你的標記在哪裡。要在會議開始之前提前知道你將要站在哪裡，哪裡的光線是最好的，能讓房間裡的每一個人看見你的臉和手勢。當你走上舞台就站在這個地方傳達你的訊息。我並不是說你不能到處走動，而是說如果你知道燈光在哪裡，就能夠在演講中使用燈光作為工具。如果你不需要太多的光線（你有很多的能量，有很多故事會涉及其中），那麼當你移動的時候要辨別光線，能從房間裡的任

何一個地方辨別。但是，當你想去傳遞妙語，或者想做一些有意義的手勢，要在可能最好的地方來做。有時候那是在舞台中心，有時候不是。

很多時候，會議工作人員會考慮你是否會有幻燈片或影像，他們認為那是主要展現方式，而演說家只是敘述者，他們布置的房間能讓每個人清晰地看到幻燈片而不是演說家。在過去很多示範都是這樣做的。但是，對於一個職業的演說家，大多數時間你才是主要的演講主角。你就是整場的焦點。重新布置房間或者提前提出你的要求，這樣會議工作人員就不會在第一時間布置錯誤。所以房間前面舞台的中心是你的地方，那裡有你需要的燈光，有一面或兩面投影在螢幕上，或者在你的頭頂上方有一個大螢幕，而你不會站在幻燈機的投影中。

如果你走上舞台，那裡有兩個演說時放稿的小講台，你要在上台之前確定你要選擇哪一個。有時主持人會在一邊，那你就走到另一邊去開始你的演講。也有時，主持人會站在你想站的那一邊。那你要提前知道。

順便說一句，如果你是一個主持人，介紹完之後要等演說家上台你才能離開舞台。不要讓觀眾們看到一個空蕩蕩的舞台，站在那裡等待演說家到達舞台前面。與他（她）握手並祝福他（她），然後安靜地走下舞台。如果你是演說家，登上舞台時不能忽視主持人。向主持人揮手或握住他的手表示感謝，然後再開始你的個人演講。無論你什麼時候走上舞台，都要有一個理由去該去的地方。要知道標記在哪裡，並找準你的標記。

❖ **本課摘要**

1. 在劇院，他們告訴你要找準你在舞台上的標記。這意味著當你出現在舞台上，走向你應該走到的地方，因為那個的地方的燈光和所有東西都已經為你準備好。

2. 要知道你的標記在哪裡。要在會議開始之前提前知道你將要站在哪裡，哪裡的光線是最好的，能讓房間裡的每一個人看見你的臉和手勢。

3. 對於一個職業的演說家，大多數時間你才是主要的演講主角。你就是整場的焦點。重新布置房間或提前提出你的要求，這樣會議工作人員就不會在第一時間布置錯誤。

4. 如果你走上舞台，那裡有兩個演說時放稿的小講台，你要在上台之前確定你要選擇哪一個。

5. 如果你是主持人，介紹完之後要等演說家上台你才能離開舞台。不要讓觀眾們看到一個空蕩蕩的舞台。如果你是演說家，登上舞台時不能忽視主持人。向主持人揮手或握住他的手表示感謝，然後再開始你的個人演講。

第二十八課：問候不同的觀眾

　　各位女士們先生們，早安！我分別用英語，法語，西班牙語，德語，中文，日語，土耳其語以及我的母語美國南部的語言問候觀眾。當遇到各種各樣的觀眾，不同類型的問候適用於每一個人。有時候我們會遇到有文化融合的觀眾，這時要肯定他們的文化，讓觀眾瞭解你知道他們之所在，尊重他們引以為榮。你不需要在這上面花費大量的時間，也不需要想出所有不同種類的話語。但一些小事情就能夠表現出你在意他們或你在努力嘗試。這會對觀眾產生很大的影響，這也是一條漫長的道路。如今，你需要承認並尊重每一個環境下都有一定的禮節或非禮節性的需求。

　　如果你的舉措很正式，你會給聽眾帶來一種僵硬，一種尷尬，一種脫節的感覺。如果你的行為太不正式，那麼很多時候你會失去觀眾的尊重，而他們可能不會聽你

講的。要記得多留意所處的文化環境，如今，都可以先參考很多來源。你可以上網，你可以去楊伯瀚大學，那裡研究出了一種叫「文化圖」的東西。它為你提供每種文化的來源和文化背景，告訴你他們是怎麼想的，他們關心什麼，什麼冒犯了他們，什麼讓他們高興，等等。但是，我剛才說的那些話，這只花一點時間。有一天我和一些翻譯員在一起，我只是用了恰當的方式說了早上好，下午好，對這些人來說，這是美好的一天，他們給了我很多這樣的機會。當我在路上的時候，我帶著那張單子，在這次活動上，從今天聽眾中我遇到了所代表的其他文化。

我記得有一次在夏威夷，我做了一個演講，有一個男人問了一個問題，我說這是一個好問題然後回答了這個問題。後來我和一個人在走廊上說話，他對我說：「你相當不尊重提問者。」我說：「抱歉，我是以什麼方式不尊重提問者了？」他說：「你僅僅回答了這個問題，但在我們的文化中我們將會說，這位紳士提的問題是什麼，然

後才以那種方式回答。」我認為這是一個來自紐西蘭人的忠告。

　　如果你不知道不同的禮節，就可能會不斷地遇到問題，甚是直到來不及改變時才意識到。所以，請注意尊重並且理解你的觀眾。再見。

❖ 本課摘要

　　1. 以觀眾舒服的問候語開場（譬如熟識的語言）既要有禮節又不能生硬，既要隨和又不能隨便。
　　2. 你要了解觀眾的大概背景及文化，注意尊重文化差異。

第二十九課：保持你的聲音

有一次我去我的朋友丹尼‧考克斯那裡，他是一位專業的演說家。我說，丹尼，我理解有一次你的聲音出了問題，你去找了聲音教練？他說，是的，加里‧卡托納。然後他向我提及加里。加里‧卡托尼是許多好萊塢電影明星和一些歌手的聲音教練。他訓練的人有的在喉部做過修復手術，比如傑克‧克魯格曼，他過去在電視上扮演過昆西，最近也參加過很多演出。但是，傑克曾經在嗓音上做過相當嚴重的外科手術，他差點完全失去聲音，後來加里幫助他恢復了聲音。丹尼斯‧偉弗，和丹尼‧卡托納共同出演《荒野大鏢客》系列，也和近期在新聞上報道的羅伯特‧布萊克一起工作。有一次我去加里的家裡上教練課程，羅伯特‧布萊克也在那裡上課。他和雪莉‧麥克雷恩一起工作，也和歌手和舞者寶拉‧阿布杜共同工作。但我從蓋瑞那裡發現，聲音是你的工具，你必須用

具體的方法照顧好它。

他教我許多放鬆聲帶的技巧，以及擴大和更有效地使用自己聲音的技巧，不管你想要去從事什麼學科。無論加里·卡托納快樂的教學方法是否能夠找到經過驗證的人處理臨床問題的技巧以及有關他們聲音的商業問題（順便說一下，他或其他人在好萊塢），練習這些技巧就要像熱身一樣。如果你將要去做一個工作，首先要伸展和熱身，在你演講前做同樣的事情，使它成為習慣。如果我在酒店，我每天在開會前都會做好準備，我會拿一條毛巾放在我的嘴巴前面，因為我不想打擾鄰居。我會相當大聲地完成我的聲音練習，放鬆我的聲音。我發現幾乎在所有的場合我的聲音都能達到我想要的效果。這真的對我有很大的幫助。我演講的越多，發現這樣的方法越重要。

有一次，我有連續八天的演講並且在這段期間有旅行。八整天連續的培訓會是為國家週邊的保險代理機構做戰略計劃撤退。在大概第三天或第四天的時候，我的喉

嚨變得越來越虛弱。第五天，我從堪薩斯飛到西雅圖。在飛機上，我對面的男人是一位喜歡聊天的奇特的銷售人員。他坐在那裡看著他的鄰座，他的鄰座似乎睡著了，所以他不能在那裡說話。他看向我，我顯然很警覺，因為他很吸引我的眼球。他說：「你好嗎？」我說：「我很好。」他說：「好極了，那你是做什麼的？」，「我是一位職業演說家。」，「好，那太有趣了，你是如何做這份工作？」我思考了一下，我通常都會盡力讓自己更隨和與謙恭，但是那天早上我意識到我正處在生死關頭，而不能維持基本的禮貌。我說：「對不起，在最近的五天或六天，我都要做全天的培訓。未來還有幾天，所以我需要保留我的聲音。」他說：「好的。」然後他開始向其他的人提問。我說：「抱歉，我很樂意繼續交流，因為我是一位職業演說家。也很樂意收取費用來繼續我們的交談，但我必須保護好我的聲音。」他說：「知道啦，對不起，謝謝你。」於是我在那天能夠休息和放鬆我的聲音。有時候你需要比其它時候更加的直接。

還有一些關於聲音的問題是缺少水分。例如，你在一個很乾燥的環境中比如在飛機上，要帶一個小噴霧瓶並裝一些水（礦泉水或其它）在裡面，用它來濕潤你的聲帶和鼻腔，這或許會幫助你。無論你處於什麼狀態，都要避免酒精和咖啡因，因為這會使你的嗓子變乾。越想讓你的樂器（聲音）和諧，就越要照顧好它，並且要意識到在整場演講和你的演講生涯中你的聲音都會與你為伴，你要盡可能看管並且照顧好你與生俱來最美妙的樂器。

❖ **本課摘要**

　　1. 如果你將要去做一個工作，首先要伸展和熱身，在你演講前做同樣的事情，使它成為習慣。

　　2. 我通常都會盡力讓自己更隨和和謙恭，但是那天早上我意識到我正處在生死關頭，而不能維持基本的禮貌。於是我在那天能夠休息和放鬆我的聲音。有時候你需要比其它時候更加的直接。

　　3. 還有一些關於聲音的問題是缺少水分。無論你

處於什麼狀態，都要避免酒精和咖啡因，因為這會使你的嗓子變乾。

4. 越想讓你的樂器（聲音）和諧，就越要照顧好它，並且要意識到在整場演講和你的演講生涯中你的聲音都會與你為伴。

第三十課：你在演講前的十分鐘
需要做什麼？

　　這裡有一些快速提示關於你在演講前的十分鐘需要做什麼。如果另外一位演說家已經不在舞台上，你要在最後的幾分鐘登上舞台前再次確認細節。去檢查你的筆記是否在你想放的地方，檢查道具是否在合適的位置並且在你展示之前觀眾是看不到的。檢查燈光和音響。無論你是否來得及登上舞台，都要檢查你的麥克風。如果你像我一樣，帶著一個無線的麥克風，要確保知道遠程的開關在哪裡，檢查麥克風的擴音方式是否合適。要檢查你自己，確保你所有的衣服都整理好了，確保你是你想要看到的樣子。確保你站在你需要站立的地方。確保在那十分鐘的時間內，主持人能夠看見你並且知道你在房間裡隨時能上場，這樣當他們做介紹時你能夠實際走上舞台。你也要檢查觀眾，看看周圍的環境設置，看看還有誰在

那裡，正在發生什麼，去獲得上臺演講前的感覺，然後您能夠做最後的準備，尋找你登上舞台的線路，做呼吸練習等等。但是，在你演講前的那十分鐘，再次檢查你所能想到的所有事物。檢查環境，檢查物資，檢查你自己，檢查觀眾，並且調整好自己的心態。你的演講將會進展的更好。

❖ 本課摘要

1. 如果另外一位演說家已經不在舞台上，你要在最後的幾分鐘登上舞台前再次確認細節。去檢查你的筆記是否在你想放的地方，檢查道具是否在合適的位置並且在你展示之前觀眾是看不到的。

2. 論你是否來得及登上舞台，都要檢查你的麥克風。

3. 要檢查你自己，確保你所有的衣服都整理好了，確保你是你想要看到的樣子。確保你站在你需要站立的地方。確保在那十分鐘的時間內，主持人

能夠看見你並且知道你在房間裡隨時能上場。

4. 你也要檢查觀眾，看看周圍的環境設置，看看還有誰在那裡，正在發生什麼，去獲得上臺演講前的感覺，然後您能夠做最後的準備，尋找你登上舞台的線路，做呼吸練習等等。

第三十一課：發音問題

　　在你的觀眾中是否有人曾經說：「嘿，他（她）在說什麼？」如果經常有人說這樣的話，你很可能有問題需要改進。我們需要注意說話的方式。有口音是可以的，但要確保你用口音所講的內容能被你的目標觀眾所理解。你可以為此做的事情就是記錄你自己。給你的每一場演講都做一些錄音，並且讓其他人和你一起聽，讓他們向你指出你什麼時候結結巴巴的或你什麼時候所講的內容難以理解。他們說：「等一下」，你說：「你是問我是單字see還是字母C，這裡的意思是什麼嗎？」讓這些人提醒你注意這些問題，然後你就會越來越好。

　　我記得有一位朋友做了一次引人入勝的演講，但他接下來開始討論關於有氧健身。但是他把有氧（aerobic）這個字拼錯了，無意之間說成了arrowbatic，整場演講被最後的口誤破壞了再次行銷，並且使他失去了所有聽他演講

的人的信任。儘管他表現得很好，有精彩的演講內容，但是一個錯誤的單字就毀了在聽眾中的信譽度。還有一個頻繁使用的單字，不是原生單字而是合成字irregardless，而regardless是一個可靠的單字，你可以在大多數的字典上找到它。irregardless是個雙重否定字，這個單字是被阿爾·卡普創造的，他是連載漫畫《小阿布納》（Li'l Abner）的作者。

《小阿布納》中有一位叫做瑪米約克姆的女性，她是漫畫裡一位優雅的老婦人。她剛一開始用irregardless這個單字是因為幽默，但後來變成了社交常用語。還有另外一部作品，你會覺得我在誇耀我自己。You-and-I 對抗You-and-me，很多時候你用其中的一個，而有時候用另一個。這是有區別的。你和我（You-and-I），如果後面跟著一個動詞，可能是正確的用法。他這麼做了，他想通知你和我（You-and-me）一起去，那麼你就是他的主語。研究這一點就夠了，你沒有使用錯誤的方法犯尷尬的錯誤。知道你的演講風格，如果你有點分心就通過錄音和

觀察你所做的事情來了解他們。

有一天，一個朋友對我講：「在你知道之前，這樣的事情發生了。」他繼續講他的故事然後說：「在你知道之前」，在這個小故事中她有五次用這個短語「在你知道之前」。另外一個是，事情的真相是……你會聽到人們時常使用類似的語句。確保避免以恰當的方式使用這些技術。邊說邊聽，並且重複練習直到你能清晰地給觀眾講。

這裡有我從一位朋友那裡學來的內容。這叫做單字品析。他來自於加利福尼亞州的聖地亞哥，叫做羅恩·阿登，他曾經也在南非住過半年。這是其中的一個例子。這裡引用亞里斯多德的話：「華麗文詞的真正目的是說服和影響。」羅恩說，學會去品析你的單字。這裡有一些例子。也有一些詞語你可以練習，這些單詞聽起來就像他的意思：嘩，嘩啦，撲通，砰的一聲，崩潰，飛濺，模式，閃爍，溪，抱怨，發牢騷，裂紋，皮瓣，嘶嘶聲，嗡嗡聲，喃喃低語，耳語，口吃，採摘，嚎叫。這樣做的原因是要做練習，使你習慣於以一種他們強調聲音

的方式來發出聲音。然後，還有一些其它的，詞語能創造畫面和感覺：壯麗的，明亮的，美味的，精緻的，龐大的，微不足道的，令人愉快的，不朽的，色情的，醜陋的，溫和的，堅固的。我們可以用很多詞來練習聲音技巧。這讓我們每一次在講台上都會更加強大。

❖ 本課摘要

1. 我們需要注意說話的方式。有口音是可以的，但要確保你用口音所講的內容能被你的目標觀眾所理解。

2. 給你的每一場演講都做一些錄音，並且讓其他人和你一起聽，讓他們向你指出你什麼時候結結巴巴的或者你什麼時候所講的內容難以理解。

第三十二課：儘早看會議室

　　這裡有一個快速提示，要儘早看會議室。無論是什麼演講，你一到現場就去會議室，如果你也在節目單上，要盡你所能儘早去會議室。如果你因為他們在布置會場鎖上大門而不得不繞到側門那邊，就從側門進去並偷偷地看會場的布置。要知道天花板有多高，了解房間裡的燈光如何，座位如何安排，以及那個房間布置好的視覺畫面和情緒感受。你就能夠捕捉到潛在的問題。當你能夠儘早到那裡，如果有必要就能重新擺放椅子。但是，最重要的是，要想像你稍後在房間裡演講的畫面感。如果你能走上舞臺站在那裡環顧四周並思考你做開場白的方式，這對你是特別有幫助的。這一切越清晰地形成在你的腦海中，在會議開始時你演講的效果就會越好。

❖ 本課摘要

1. 無論是什麼演講，你一到現場就去會議室，如果你也在節目單上，要盡你所能儘早去會議室。

2. 要知道天花板有多高，了解房間裡的燈光如何，座位如何安排，以及那個房間布置好的視覺畫面和情緒感受。

3. 最重要的是，要形成你稍後在房間裡演講的畫面感。如果你能走上舞台站在那裡環顧四週並思考你做開場白的方式，這對你是特別有幫助的。

第三十三課：指導你的主持人

　　你想交一位新朋友嗎？那就指導你的主持人。他的工作就是被指定來把你介紹給觀眾，和他們坐在一起，簡單地了解他們。首先，聆聽他們所講的，知道他們是誰以及興趣所在。然後，向他們解釋你想在演講中達到什麼效果。當你把你的介紹拿給他們去瞭解，這會使他們放心。這個機會對他們來說可不是常有的。很可能當他們一登上舞台就會很緊張。當人們在舞台上緊張的時候，就會在眾目睽睽之下不知所措，也不知道會說出什麼。

　　很多時候他們會盡力讓自己表現的很可愛或很有趣，但這並行不通。有時候他們會說一些很尷尬的事情，有時他們會把細節弄錯，有很多事情可能會發生。給他們一個表現突出的機會。寫一個簡單的自我介紹。或許它裡面有引人發笑的或類似的內容。要向他們展示出你很尊

重他們並感激他們為你所做的工作。如果他們感覺到你們是合作關係，那麼他們不太可能會諷刺或貶低你，或者做一些可愛的事情毀掉你的介紹。而他們更有可能對你表現出尊敬，並且做好他們的介紹工作。讓他們的工作變得輕鬆，他們將會喜歡你。

❖ **本課摘要**

1.你想交一位新朋友嗎？那就指導你的主持人。首先，聆聽他們所講的，然後，向他們解釋你想在演講中達到什麼效果。

2.當你把你的介紹拿給他們去瞭解，這會使他們放心。如果他們感覺到你們是合作關係，他們的工作變得輕鬆，他們將會喜歡你。

第三十四課：指導你的攝影師

　　如今很多時候，當你演講的時候會有攝影師在房間裡。他們會操作攝影機並把你的影像投影在大螢幕上或是把你的整場演講錄影。我經常喜歡提早去會議室，與攝影師單獨見面。我走向他們並且做自我介紹以表尊重。而很多人不習慣這麼做。他們大多數的人都是天才。就像你所知道的，他們會上前做任何他們想做的事。所以，他們把你當作天才或演說家，但並沒有個人關係的意識。

　　所以，當我走進房間，我會走向前去見攝影師。我會做自我介紹或問一些小問題，或是了解他們並與他們建立融洽的關係。然後，我會說，「讓我解釋一下我將如何展示和我將要做什麼，這樣你就能更好地理解我將在哪裡走動，以及我將如何移動。我也會順便試著站在燈光下，並且去找你需要我在舞台上所站位置的標記。這裡

有一個我將要在中間講的故事。在那時候我真的希望你們能把鏡頭拉近，因為我的面部表情是這個故事中非常重要的一部分。這是關於這個故事的。」你讓他們明白了這是一個什麼故事，所以當他們聽到的時候就會知道。他們將會知道去拉近鏡頭並為大螢幕和影片捕捉面部表情。

你也可以告訴他們：「我意識到有時候有的演說家移動得非常快，這會讓你們很尷尬。所以，我的動作會很小心並且盡量不去快速移動，但也會移動一下的。有一點要告訴你們，那就是在演講過程中，我可能會走下舞台走到觀眾席中，但我確保只是在前幾排。即使我走出了聚光燈，那也只是我暫時要提出一個觀點，然後我就會回到舞台上。請確保在結束的時候 100% 甚至 110% 的捕捉到觀眾的反應。記錄了整場演講，但在演講結束觀眾鼓掌時卻關掉了相機，這將會是一個真正的悲劇。當你在演講結束後的後期製作中剪輯這一部分是很簡單的，但是如果你在一開始沒有捕捉到這些視頻影像但又想加進去是幾乎不可能的。請把鏡頭一直對準整場鼓掌的觀

眾。如果在場的觀眾很多，在觀眾歡呼時，請把相機拉回來打開長景，讓全場觀眾都能看到自己的反應。接下來，如果你需要拉近我們在舞台上的鏡頭，記錄我們在舞台上的反應，你也可以這麼做。」我也建議攝影師在演講一開始就拍攝全景。這意味著你通過展示整個舞台和房間裡的所有人來建立你的會議內容。演說家或許應該放得很大，但是你以全景開場（或許在介紹期間），也就拍不到主持人。然後你跟拍舞台上的演說家並保持住，偶爾把鏡頭拉向觀眾然後再回到舞台上。如果你知道如何操作，你學到了一些，那麼你就可以指導攝影師了。但要知道攝影師是專家而你不是，你只需要讓他們理解你將如何演講以及你需要他們如何拍攝或投影到大螢幕上。在這樣做時，你將會有更有效的視訊投影和更有用的演講影片。

❖ 本課摘要

1. 我經常喜歡提早去會議室，與攝影師單獨見面。我會做自我介紹或問一些小問題，或者了解他們並與他們建立融洽的關系。

2. 但要知道攝影師是專家而你不是，你只需要讓他們理解你將如何演講以及你需要他們如何拍攝或投影到大螢幕上。在這樣做時，你將會有更有效的視頻投影和更有用的演講影片。

第三十五課：注意你的能量和步調

　　這裡有一個快速的技巧來管理你演講的影響和能量。注意你的能量和步調，我稱之為你在舞台上的個人速度。不要持續低音，也不要成為動力先生。在你想要運用聲音技巧的時候，在這兩個極端之間找到平衡點。如果你想讓你的觀點被接受，那就給觀點一個被接受的機會。表達出你的觀點然後保持安靜。如果你想讓你的觀點對觀眾有戲劇性的效果，你不需要大聲地揮動你的胳膊並做一些誇張且引人注目的事情。你即使透過低聲說話也可以達到同樣的效果。

　　在一定的框架內簡單地傳遞訊息，可以得到百分之百的注意並且不會分心。有時候你可以使用高聲量，有時候不需要。什麼時候降低聲音或提高聲音？當它意味著某些事情時。換句話說，不要僅僅只是為了運用聲音技巧而運用聲音技巧。要有運用聲音技巧的理由，不要只

是移動和能量。當你有理由和目的時，你會得到你想要的結果。

❖本課摘要

1. 注意舞台上說話的語速和情緒爆發。

2. 在演說過程中運用聲音技巧。

第三十六課：了解你的模式和
重複的問題

　　蘇格拉底曾說過要認識自己，我發現了解自己的人都有成長。自知的人可以做出更好的決定。自知的人工作容易的多。身為一個演說家，你需要了解自己的東西就是你的模式是什麼？你做事的特殊方式是什麼？你是如何處理問題的？你經常會遇到什麼樣的問題？你在做什麼樣的事？你會遇到什麼樣的困難？什麼對你有用，什麼對你沒有用？

　　如果你隨著時間的推移不斷學習，你會看到在很多時候，問題都是有一種模式的，有些問題是由你處理事情的方法所導致的。例如，你或許會發現你的聲音系統經常會出問題。或許你需要去學習關於聲音系統的課程，這會讓你更有效的處理聲音問題。或許你需要較早出現在現場。或許你需要申請不同類型的麥克風。或許你需

要理解更多關於房間內聲音的動態變化，當你得到反饋時，要知道你是如何得到反饋的，以及為什麼和如何去做。或許你在旅行中有一些問題。無論如何，研究你的問題，研究聲音問題。或許是你使用聲音的方式損壞了你實際的聲音，你始終會有聲音問題，像聲音嘶啞等等。會議房間如何布置呢？如果你很想在演講中讓別人和你一起參與討論，或許透過改變椅子的位置，你會得到更多的合作可能性。或許是你預訂的航班離得太近或太遠，或是以錯誤的方式預定，或者你使用了一個不了解旅行細節的旅行社。小事情可以產生大的影響。

　　你會遇到什麼樣的視聽困難？或許你會有不同類型的技巧需求。或許你需要一個新的筆記型電腦。或許你需要一個特定軟體，讓你做事情時變得更加容易。當你的腳可以恢復正常走路就不要跛行。這適用於所有的領域。當你經常不得不這麼做的時候，這是一個你需要去糾正重複模式的機會。每隔一段時間回顧一下，看看你發生了什麼事。你是如何處理事情的？你遇到了什麼事

情？你越了解你自己，就越能控制、調整和發揮你自己。

❖ 本課摘要

1. 自知的人可以做出更好的決定。自知的人工作容易的多。

2. 如果你隨著時間的推移不斷學習，你會看到在很多時候，問題都是有一種模式的，有些問題是由你處理事情的方法所導致的。

3. 當你得到反饋時，要知道你是如何得到反饋的，以及為什麼和如何去做。

4. 當你經常不得不這麼做的時侯，這是一個你需要去糾正重複模式的機會。每隔一段時間回顧一下，看看你發生了什麼事。

5. 你越了解你自己，就越能控制、調查和發揮你自己。

第三十七課：喉炎發作時該怎麼辦？

　　演說家的惡夢就是喉炎。當你發不出聲音時你會怎麼辦？我曾經就發生過這樣的情況。我已經演講了 25 年多了，有時一年會做 123 場以上的演講。一般來說，平均一年我有 50 到 60 場次的演講。有好幾次我都發不出聲音來。有一次在加利福尼亞州的紐波特比奇。我去一個保險公司演講，我的聲音開始變得有點刺耳，嗓子並不痛但顯然很沙啞。我不知道這是怎麼了，所以我在晚上睡覺前做了一些聲音的練習。很早就休息，那天晚上我沒有喝任何的酒精飲料，也沒有喝咖啡，但是第二天早上直到我醒來，我的聲音仍然非常虛弱。

　　所以我打給一位我的聲音教練朋友，讓他在電話裡幫我做一些訓練。這對我有一些幫助。然後，我走下樓，發現所在的會議室很冷，這種陰涼的環境會使我的嗓音更糟。當我坐在那裡聽其它演講嘉賓發言，我意識到我的

聲音還是受到了影響。即使在一個很安靜的時刻和旁邊的人交流，我的聲音都變得更加虛弱了。所以，我找到主辦方負責人讓她和我一起去大廳。解釋了我聲音的問題。我說：「我非常願意站在大家面前做這個演講，但是我想你意識到我的聲音也許會出狀況，所以，讓我們有一個備用計劃吧！」我說，我知道觀眾中有一個人可以給這個團隊很好的啟示。或許他會是一個好的備選演講嘉賓？她說，不，實際上他昨天演講過了。哦，好吧，我說：「那讓我給住在附近的朋友打個電話吧。」

就這樣，我給我的朋友丹尼‧考克斯打了電話，他住在大約30~40英哩遠。接通電話後問他：你在幹什麼？他說，正準備整理花園。我說，服裝不對，請換上西服來紐波特比奇和我碰面，並且向他講述了我的問題。他說好的，於是停下其它所有的事情，穿上西裝來紐波特，在我不能講話的情況下找了一位候補演說嘉賓。接著我對主持人說：「我的聲音非常虛弱，都快發不出聲音了，但是如果觀眾們很想聽我講，我很願意試一試。請問你

能夠在介紹我時解釋一下嗎？」他說：「我很樂意。」主持人站起來說今天早上我們的演說家是……讀了我的個人介紹，然後他說：「吉姆今天早上醒來發現聲音很刺耳並且可能發不出聲音了。但是如果大家願意忍受他奇怪的聲音，他倒是很樂意試一試。你們有何意見？」大家都鼓起了掌。我走上舞台說早上好，他們好像有點震驚。我說，我們這就開始了吧？能否請大家一起說『哦～』，然後咱們就直接結束吧。」他們都說「哦～」，然後我們就哈哈大笑起來。隨後我繼續演講，因為放鬆的原因我的聲音好一些了，一切都順利進行。我在談論關係銷售以及在我們的業務中關係銷售的重要性時說：「你們知道嗎，在我知道自己的聲音出了問題，我打電話給我的朋友也是演說家同行丹尼·考克斯，丹尼驅車來到這裡，因為會議需要隨時待命。讓我來向你們介紹一下丹尼·考克斯。」丹尼走上了舞台，我說：「丹尼，告訴他們有關於你的故事。」他用了大約 5 分鐘講述了一件特別精彩有趣的故事。觀眾們很喜歡他。其實，會議策畫人已經預訂邀請他參加接下來幾年的會議，當他走下舞台，我也完

成了我的演講，一切進展順利。

　　我很開心地回到家裡，客戶很開心，丹尼也很開心，這一切都很好。可是，第二天早上醒來時我的喉嚨啞了。我把嗓子已經用到了極限，還是發不出聲音，甚至不能低語。我起床了，當時是在拉霍亞家裡面，我叫寶拉，她說：「你在說什麼？為什麼要竊竊私語？」我說，我沒有聲音了。然後她說：「哦，我的天哪。你還有三個小時的演講，這可怎麼辦呢？」我說：「給托尼打電話。」於是我們打給了托尼‧亞歷山德拉打了電話。他是我的好朋友也是一位資深演說家，我對這位將與我同行的演說家說：「托尼，你今天忙嗎？今天上午你可以做一場演講嗎？」他說，嗯…好的。寶拉說，好，那就著正裝去凱悅酒店和吉姆碰面。我穿上西裝去會場，就像我已經準備好了發表演講一樣，儘管我沒有聲音。托尼和我同去，我們談論這場演講是如何分配的，他的內容和我的有多相似，以及如何傳遞這部分內容來達到我想要的目標。

我們一起走到會議策畫者那裡，我像她示意，她說：「早安。」我也說：「早安。」她說：「怎麼啦？」我說：「我有一些問題和一個解決方案。」她說：「是什麼？」我說：「顯然我的聲音有問題，如果你同意的話，解決方案就是讓托尼‧亞歷山德拉博士，也是這兩本書的作者來代替我演講，他知道我要講的內容並且已經做好演講的準備了。」她說：「哇，這是一個救場的辦法，那好吧。」於是托尼把他的介紹給了主持人，主持人走上舞台介紹我，這樣我就可以介紹托尼。當我走上舞台的時候，主持人說：「我們的演說家是吉姆‧卡斯卡特，但是他的聲音出了問題。吉姆的替補演說家是托尼‧亞歷山德拉。」我站在那裡盡我所能低聲對托尼做了介紹，邀請托尼走向麥克風。我介紹的很好，觀眾們對托尼感到很興奮。托尼做了非常棒的演講。我把演講費用支付給他，畢竟他成功完成了那場演講，一切都進展順利。這是一種運作方式。所以，在這個行業裡，當你處於一個你知道自己不能勝任的狀況時，讓其他人成為你的替補，或者當你意識到問題或潛在問題時，應立即去見你的會議策畫

者，制定一個備用計劃。這就是職業演說家處理這種問題的方式。

❖ **本課摘要**

1. 演說家的惡夢就是喉炎。當你發不出聲音時你會怎麼辦？

2. 當你處於一個你知道自己不能勝任的狀況時，讓其他人成為你的替補，或者當你意識到問題或潛在問題時，應立即去見你的會議策畫者，制定一個替補計劃。這就是職業演說家處理這種問題的方式。

第三十八課：當停止工作時

　　這裡有一些快速策略來應對燈光或視聽設備停止運行的突發狀況。靠近你的觀眾，身體上的接近，以便他們能夠更好的聽到和看見你，以至於他們會與你更有連結感。盡你所能以任何方式添加更多的光。打開窗簾和窗戶，打開門。無論做什麼能使光線進入房間，演講就會更清晰。現在，有趣的是它們之間竟然有相關性。事實上，他們已經測試並證明了這一點。那些人不能清楚地看到你，哪怕你最大的音量也不能清楚地聽到你所說的。視覺感知和聽覺感知是有某些關聯的，在某一時刻它們二者是混淆在一起的。所以，確保如果觀眾不能清楚地看到你，你需要花更多時間來更具體，更清晰，更獨特的表達你的演講內容。

　　你也要問更多的問題，如果光線不佳或者聲音不好，你需要讓這些人參與進來。否則他們的注意力將會

分散。所以，問觀眾更多的問題。讓他們舉手，讓觀眾分小組站起來舉例說明你的觀點。「你們有多少人，請站起來……」類似於這樣。不要聚焦視聽的問題，那是不專業的。如果你只是站在那裡講，當然，你知道，你試圖在舞台上導演事情而不是與觀眾保持聯繫，這是非常不專業的，並且看起來就像你不知道自己在做什麼。所以聚焦於觀眾，聚焦於內容，讓觀眾們更多的參與，並且讓那些能解決影音問題的人在你演講時去解決問題。你要做的就是傳達訊息。

❖ 本課摘要

1. 這裡面有些快速策略來應對燈光或視聽設備停止運作的突發狀況。走的離觀眾更近些，盡你所能以任何方式使光線更亮，這樣你的演講就會更清晰。

2. 感知視覺和感知聲音之間會有連結點，在某一點上會把這兩者結合在一起。所以要確保，如果人們不能很好地看到你，你需要更多時間來更具體，更清晰，更獨特的表明你的觀點。

第三十九課：經常拷貝節目單

　　無論演講是你在工作中演講還是你以演講為生，要經常拷貝你將要參加的會議的節目單。為什麼？因為不知道會發生什麼事。例如，我的一個朋友被安排做主題為聽力的發言。所以，他以他想傳達的方式準備標準化的聽力演講稿。在他準備去開會之前提前拷貝了節目單。他發現會議中的每一個演說家都會演講關於聽力的主題。如果他登上舞台發表一個類似於其他許多演講者的演講，這將會是令人尷尬的冗餘，因他看到其它人要演講關於聽力和銷售，聽力和管理，跨文化環境下的聽力技巧，類似於這樣的內容。他能把所有這些聯繫起來，設計出一個主題演講，使所有其他演講者因為他的內容而顯得更加重要。所以如果你知道這些情況你就可以做出色的演說。如果你不知道，那麼會使自己難堪到死。所以，經常拷貝節目單，因為你要知道在你出場之前和之後會發生

什麼。聽眾，資訊，時間流是如何與你要做的事情聯繫起來？他們是從一個遙遠的地方到你這裡嗎？他們可能會晚到，可能會有許多拖後腿的，可能有交通困難。在演講前有一頓大餐嗎？還有其他場外活動嗎？

看一看，有很多事情會影響到你，如果你知道他們是什麼，然後你就會知道潛在的問題是什麼。如果你不知道議程上的內容，而它總是會悄悄地出現，你會驚訝於你無法從中反應過來。所以，知道正在發生什麼，了解潛在的或類似的事情，並且甚至就什麼地方休息或諸如此類的事情提出建議，去打破計劃，或者有更多的靈活性允許人們從一處移動到下一處，不管它發生了什麼。你知道的越多，你就會有更充足的準備。

❖ 本課摘要

1.無論演講是你的工作或你以演講為生，要經常拷貝你將要參加的會議的節目單。為什麼？因為你

想知道在你出場之前和之後會發生什麼。

　　2. 看一看，有很多事情會影響你的，如果你知道他們是什麼，然後你就會知道潛在的問題是什麼。

　　3. 你知道的越多，你就會有更充足的準備。

第四十課：主題演講VS 研討會

　　主題演講和研討會之間的不同是什麼？主要是長度，但也有不同的目的。演講的訊息更短，它的目的是改變你的觀點，提出一些想法，改變人們處理事情的方式。這是一種觸動人們心靈，或使你做事情有更廣闊、更大背景的方式。而在一個研討會上你會變得越來越具體，因為你專注於技能，技巧和應用方法。如果你能從總體上思考，概念是大而通用的。它們適用於一切。

　　戰略更具體，並且適用於特定的方法。戰術適用於具體的情況，功能或操作直接應用於你將要採取的下一步行動。概念、戰略、戰術、功能或操作。當你思考演講或研討會時，可以以這種方式考慮。在一個研討會中，你可以從你想要快速進入策略、戰術和技術的概念開始。研討會的能量是更靈活的，而演講需要使用更大的高能量。在研討會上，你可以更平易近人，更能與人互動。

當你在做一個研討會的時候，聽眾會有更多的參與。所以，你可以做練習，可以提問題並回答，不是在結束時而是在過程中。你可以讓聽眾打斷你講話，舉起手並主動提出一些問題，或者給大家講一些內容。你可以使用不同的技巧，但演講和研討會有最主要的區別，研討會的目的一般是教學與實踐，而演講的目的通常是告知和影響。

❖ **本課摘要**

　　1. 主題演講和研討會之間的不同是什麼？主要是長度，但也有不同的目的。

　　2. 演講的訊息更短，它的目的是改變你的觀點。而在一個研討會上你會變得越來越具體，因為你專注於技能，技巧和應用方法。

　　3. 研討會的目的一般是教學與實踐，而演講的目的通常是告知與影響。

第四十一課：了解你的組織人員

這裡有一群人是你演講的一部分，並且你通常不會想到組織人員自己籌劃會議。有一次在加利福尼亞州的聖塔芭芭拉，我沒有擠出時間去約見組織人員並和他們成為朋友。我走進會議室，看到有位男子在那裡整理一些裝置。房間被布置成了一個大的 U 形。這場會議一共有 64 位觀眾，而針對這麼多的觀眾這種 U 形設計的效率是極低的。U 形設計最多對 18~20 人是更合理有效的。我需要重新布置教室風格。我走上前說：「不能這麼做，U 形是不可以的。」他說：「圖表上就是這麼要求的。」我說：「我理解你的意思，但是房間需要重新布置。」他說：「你想布置嗎？那你自己做好了。」然後他離開了房間。

現在，我要做一些選擇：你如何去處理這件事？我可以把他報告給上級。我也可以自己去做這些超出能力

範圍內的事情，但是這將會發生什麼？我需要更長的時間才能得到我需要的結果。所以我只跟那個男人說，可以請你離開房間嗎？他問我為什麼？我說我要重新布置這個房間，我需要私人空間。所以我的會議晚幾分鐘開始，他離開了房間，我鎖上了門。我脫掉夾克，摘掉領帶，然後把襯衫也脫下來。那天很熱，我要把房間重新布置一下。然而我不想在演講時顯得自己身體狀況很糟糕，很疲憊。於是，我光著膀子去重新布置房間。把桌子椅子搬到我需要的地方。然後，我去到洗手間重新梳洗了一遍。我把襯衫、領帶、西服穿上。回到那裡，解開門鎖並打開會議室的門。大約這時，與會人員都來了。我在門口迎接他們並歡迎他們進入房間。會議進行的非常棒！如果我沒有早到，我就沒機會重新布置會場，就要被迫接受那種大「U」型。如果我遇到了會議室安裝工人並和他們成為了朋友，我就不會自己做這件事。

　　有一次在卡加里，我走進一個像隧道一樣很長的會議室，就像在火車廂裡開會，舞台在路的盡頭並且觀眾

席座位線太長。這種房間的布置效率是非常低的。應該在房間的一邊設置一個講台，人們圍成半圓形，這樣每一個人都會感覺離講台很近，客戶們沒有意識到房間會是什麼樣子的，會議室需要以這種方式布置。所以我走向會議布置人員，但這次我的處理方法有所不同。我說：「打擾一下，我們在同一個團隊裡，但是現在我有一個問題。」他說：「什麼問題？」我說：「你知道剛剛是如何按照規定布置的會議室嗎？」他說：「當然知道。」我說：「好的」。我說：「我知道這是個艱鉅任務，你還有其他事情要做，但我很樂意幫忙，願意和你一起做這件事。我們可以很快地把這個轉到另一個方向嗎？」畢竟，在同一個團隊裡，客戶會判斷會議是否進行得順利。不只是透過我的演講或你的布置來判斷，而是通過布置和演講結合起來所提供的服務來判斷。他們會基於整體的感覺來決定是否再次回到酒店，而不僅僅是一件事情，「我們可以開始了嗎？」他說：「當然。」他叫了一些其他人，他們努力的做。正如這樣，我們把房間轉了一圈。請善待你的組織人員，他們是你寶貴的資產。

❖ 本課摘要

1. 做一些人們發現的，好玩的、幽默的事情。任何時候只要你有這樣的團隊，你就會有好幾個選擇。你所要做的就是站在那裡處理好你與他們之間的巨大鴻溝，並希望事情進展順利。

2. 客戶會判斷會議是否進行得順利。不只是透過我的演講或你的組織來判斷，而是透過組織和演講結合起來所提供的服務來判斷。

3. 請善待你的組織人員，他們是你寶貴的資產。

第四十二課：前排是空的該怎麼辦？

你如何處理教堂症候群？當你走進一個會議室發現所有的人都坐在從前往後數的第 5，6，7 排，這就是我所說的教堂症候群。在前方他們和牧師之間有很大的空隙，除此之外所有人都坐的很擁擠。當你的教室變成這個樣子的時候，你會怎麼做？當觀眾都不坐在前排時，你怎麼做？首先，如果你一直等到你要演講的時候，你就選擇了最壞的時機。我更喜歡向主持人或會議主席說：「我很願意確保在舞台上和觀眾們有更好的連結。我們的前幾排需要坐滿。你能夠讓所有的人起立並且移步到前排嗎（或是哪一排）？他們起初都是不情願的，但是如果你站在那裡，並且你看起來很希望他們這麼去做，他們可能就會這麼做。」現在，在我的經歷中，有一個案例。如果一個人站起來並且說：「請大家都起立好嗎？」首先，你打破了人們的慣性，他們不只是坐著了。他們不會坐在

那裡，思考我是否要照坐。他們會站起來。所以，你讓他們都站起來，這是一個沒有威脅性的活動。

然後，你說，因為在舞台和觀眾之間有如此大的間隔，請問大家能收拾好你們的物品並從現在的位置移步到前五排嗎？這會讓人們向前移動。如果主持人沒有處理這件事而你更要堅持，你可以使用幽默的方式。這是我幾年前所做的。我看到在一個組織裡很多次發生這種情況，所以我列印出我稱之為「最好的升級」。在飛機上，能坐到前排是很好的，對吧？所以我也列印了「最好的升級」。我會在開會時放幾份在我的公文包裡。

如果有需要，我會走進觀眾並說：「你已經被升級到了最好的席位。我將會把這些升級的證書發給大家，請跟我來。」人們都會搶佔先機並且站起來。我會領他們到房間的前面。這就是什麼是最好的升級所要講的……我只是在我自己的電腦上用 Word 列印出來，然後在彩色紙上列印出來。你也可以做同樣的事情。「你剛剛被批准在活動期間被升級到最好的座位。請立即移到房間前面的

指定區域。在這個升級的同時，你將有資格在活動的成功中扮演更重要的角色，演說家會更快地回應你的問題和評論，在演講的幽默部分你會和演說家有更好的眼神接觸，這會讓你笑得更久更好，會從演講的觀點中獲得更多的靈感和鼓舞。」另一方面，條款和條件。「只適用於吉姆‧卡斯卡特的演講，在其他的任何時間不予使用。主辦單位有權將令人討厭的人送回原來的座位。證書只有在您不再想學習的時候才會過期。不與特殊升級一起使用或配合頻繁的聽眾節目。如果您已經讀到這裡，表示您已經不注意演講者了，所以放下並且關注演講。謝謝。」

所以，這是我所做的一些人們發現的，好玩的、幽默的事情。不但順利完成任務而且效果很好。所以任何時候只要你有這樣的團隊，你就會有好幾種選擇。你所要做的就是站在那裡處理好你與他們之間的巨大鴻溝，並希望事情進展順利。順便說一下，這會比較困難。或者，你走下舞台走進觀眾，並且說，從現在開始我要重新布置房間。把桌椅移到周圍留出所有我需要的空間。

❖ 本課摘要

1. 當你走進一個會議室發現所有的人都坐在從前往後的第 5，6，7 排場，這就是我所說的教堂症候群。

2. 你可以把整個房間轉一圈。走回到房間的後面，在那裡演講。後排的人現在變成了前排。

3. 你可以採取很多戰術。最合適的也是最簡單的，觀眾在最少的干擾下獲得最快的結果。

第四十三課：讓技術支持你
而不是阻礙你

　　上帝保佑技術。朋友們，能使用PPT來管理並演講會更好。在過去，我不得不使用頭頂上的透明物，或是掛圖預先準備好圖表來說明我的觀點。使用類似PPT的技術，會獲得更多的機會。而我們需要考慮是否要使用類似的技術，並以這種方式使我們的工作更容易。這樣的方式不會使之變得更複雜，而會使與人的連結和溝通更順暢、更容易。讓技術為你服務，而不是你為它工作。使用你的視聽教材，技巧，裝飾物，並且添加戲劇效果，增加創造力，而要避免懶惰，使事情在你預設的軌道上運行，防止你分心，然後為聽眾做同樣的事情。

　　看，如果你只是用一些基本的東西例如PPT。因為它是最簡單的，對我們所有人來說最容易理解的，那麼，你就接著去做你過去常用的幻燈片，但是你可以做的更

多。如今，你會坐下來研究手冊接著去上課，然後學著去做嗎？如果是，那很好，但如果沒有這麼做，或者你自己不能很好的掌握，要找到那些能理解操控它的專家，以至於可以自動化操作並且你必須要學習這些。隨著時間的流逝，再多學一點，這樣你就可以掌控你的演講並且懂得結構的調整了。當你去參加一個會議，你是否會提前到場做準備呢？

在世界上最尷尬的事情就是看見一個專業人士站在舞台上，試圖傳達你和我作為商人或領導者要表達的形象，站在那裡試圖在聚集的聽眾面前表現出演講技巧的細節。這是非常不專業的，不要讓這種事情發生在你身上。讓專家為你構建，而你只是使用。當你遇到是音控人員操作控制幻燈片的切換，而不是你自己用遙控器遠程操控，你要提前準備方案。和他們討論，你是用手勢來指示換到下一張幻燈片，還是按下按鈕點亮後面的燈讓他們用電腦換到下一張幻燈片，或者直接給出視覺或音頻提示請他們換到下一張幻燈片，這是一些不同的方法。但

是無論何時，你要提前找出線索的進展和幻燈片。如果是你做PPT，用郵件提前給會議策畫者發一份，這樣他們就可以下載到自己的電腦上。很多時候，你可以帶著自己的筆記型電腦把它放在講臺上。你必須把你的電腦連接到投影機，該你演講的時候，要把他們正在使用的內容轉成你的。用完之後要記得拔掉你的插頭，以便下一個人可以插入，但這會有很大的時間拖延。所以，如果有可能，用郵件提前給委託方發送PPT。讓他們下載到自己的電腦上，如此這就會是他們在會議上的一系列示範。

　　從他們輪到你以及轉換到下一個都很順利。這樣不僅不需要插入和拔掉任何東西，你仍然可以控制並調查內容。你可以早點到那裡看一看，如果你想做一些改變就可以瀏覽編輯它。順便說一下，很多次當你到達會場可能會有人說，把你的筆記型電腦留給我們操作吧，明天早上當你演講的時候一切都會進展順利的。絕對不可以這麼做，我再重複說一遍，絕對不能把你的筆記型電腦你的示範內容留在任何人那裡過夜。你可以把它留在那

裡一小會兒但不能是一整個晚上，因為你可能會失去控制。當他們控制你的設備時，要和他們待在一起工作，要讓原始材料在你的設備裡面，把它放到安全的地方。技術是極好的，會帶給你許多可能性，讓糟糕的事情變得更有趣。學著去使用技術，不要期待自己一開始就精通它。要依靠其它人。

❖ **本課摘要**

1. 朋友們，能使用PPT來管理並演講會更好。

2. 讓技術為你服務，而不是你為它工作。學著去使用技術，不要期待自己一開始就精通它。

第四十四課：如何成為故事中的人物？

　　許多演講者使用的東西之一就是眾所周知的溫馨小故事。並且我有一個溫馨小故事那是當我是一個收帳員的時候。在我二十多歲時，我的工作是一名收帳員。我提出這一點的原因是我想學習成為故事中人物的技巧。這就是我在收帳員的故事中所做的。在一開始我告訴人們，在我 20 歲的時候我是一位收帳員。我說，現在看看這張臉。這是我在五十多歲的時候，想像我 20 出頭的時候。

　　在我二十歲出頭的時候，我臉色紅潤，沒有灰白色的頭髮。為了不影響到我的小妹妹，我在阿肯色北部的山上以回收原木卡車為生。接下來，我會講一個關於回到樹林裡去找這些原木卡車的一個場景。我講道：「我停下了車，走到卡車那邊。抬頭看著這個又大又舊的卡車，這時一個被毛髮覆蓋的生物爬下了車。我看著他下

巴說我來這裡收你的卡車。」我轉過頭（你注意到我往旁邊移）開始往下看，好像這個大人物剛剛下車。我俯視著我，就像巨人歌利亞對大衛。我對我說：「年輕人，你意識到樹林中只有我們嗎？」我說：「是的先生，我將離開這裡回到我的車上。」現在請注意我移動時的姿態。我剛才是一位伐木者，假裝做出了一個向下看的姿勢。身為一個 20 歲的小收帳員，我抬頭向上看了看他，我的表情更加柔和，甚至顯示出我的聲音很虛弱。我所扮演每種角色的方式都有不同的聲音。

我所講的另一個故事是在麥當勞裡和一位綽號叫作「奶奶」的婦女的對話。在我演講的時候，我拿著托盤對著她講話。在她講話的時候，我的姿勢發生了一點改變，表現地好像她站在收銀台後面。這裡有一些視覺上的暗示讓聽眾知道你已經從一個角色轉換到另一個角色。因為就他們而言，你就是你所講的角色。所以，如果你能稍微融入你所扮演的角色，不用嘗試戲劇表演，只需運用一些小技巧來增加戲劇效果，或者給你的說明增添

一些生動性，然後你就會更有力地表達你的觀點。這就像你給出一個觀點時移動和站著的簡單區別，有非常戲劇性的差異。這就像在聲樂技巧上的不同，但在這種情況下它是視覺的。所以，成為你故事裡的角色。使用這個技巧，用動作來表達意思。使用行為模式，使用手勢來順應你所講的角色，以及你在特定時間使用的聲音。你越能做到這一點，你就越能有效地把這些人物帶到生活中，並使觀眾在你講述之後很久仍然記住故事和故事背後的要點。

❖ 本課摘要

1. 許多演講者使用的東西之一就是眾所周知的溫馨小故事。

2. 有一些視覺上的暗示讓聽眾們知道你已經從一個角色轉換到另一個角色。因為就他們而言，你就是你所講的角色。

3. 成為你故事裡的角色。你越能做到這一點，

你就越能有效地把這些人物帶到生活中，並使觀眾在你講述之後很久仍然記住故事和故事背後的要點。

第四十五課：如何讓人們在休息後返回他們座位上？

　　你如何讓人們返回會議室？當他們去休息或去吃午飯時，你怎麼讓他們再次進入會議室？運用其中一個方法，你可以使用視覺，你可以使用聲音，你可以使用動作，你可以有一個標誌，讓某人說會議開始了，你可以讓某人鳴鐘，你可以讓某人拿著叉子敲玻璃吸引起大家的注意，你可以叫人四處走動，通知大家會議開始了請你回來，你可以使用揚聲器做點什麼。你可以做許多類似這樣的事情。我喜歡做的是讓幾個人走進團隊（如果是一個大團隊），只是紳士得體地請他們回到房間。到會議室的邊緣沿著走廊走，說會議馬上就要開始了讓我們進去吧，並且指引幾個人進去。當你看到來自三或四個位置的人都往裡走，不管你在什麼地方，你都會跟隨團隊回到房間。

還有一些可以做的就是設定你的期望，當聽眾去休息或吃午餐時，要設定你將準時開始會議的期望。如果你說我們將會休息到 3 點，會議將會在 3 點鐘準時開始，所以請在那個時間之前回到座位上而不是到處徘徊。接著對大家表示感謝。請大家 3 點準時回來並開始演講。在 3 點時，很多人說，他們還沒回來，讓我們等待其他人吧。呃，他們知道規則，他們都是成年人，自己會做出選擇的。獎賞這些準時回來的人，在 3 點鐘準時開始講課。

　　你能做的另一件事情是當你開始演講時，往後退幾步並儘可能使用對你所傳遞訊息不是至關重要而是高能量的內容。例如，你可以講一個短故事，在這個故事中會有很多的能量和互動，這會引起觀眾們的注意。這允許你去講一些東西來娛樂人們或者當另一些人回到房間時通知他們。接著，當再次進入你演講的主要內容，每個人都坐著，一切進展順利。我看到金克拉多年前在紐奧爾良的一個國際性的演說家會議。並且在他的延期休息幾分

鐘後該回來的時候，有人在走廊裡宣布了這個消息，會議開始了。在那之後的幾分鐘內，金克拉登上舞台高亢地講著故事。他繼續講這個故事直到所有的人都回到房間，他妙語連珠，觀眾笑聲不斷，接著馬上跳轉到他所要講的內容。

❖ **本課摘要**

1. 你如何讓人們返回到會議室？當他們去休息或去吃午餐時，你怎麼讓他們再次進入會議室？

2. 你可以使用視覺，你可以使用聲音，你可以使用動作，你可以有一個標誌，讓某人說會議開始了，還有一些可以做的就是設定你的期望，

3. 你能做的另一件事情是當你開始演講時，往後退幾步並儘可能使用對你所傳遞訊息不是至關重要而是高能量的內容。

第四十六課：以朋友的方式對待你的翻譯

　　生活在全球化的社會，我們會遇到越來越多說不同語言的人。很多時候，我們進入會議室做演講，很多觀眾把英語當作他們的第二語言，或許也不全是。在這種情況下，很多時候，會議策畫者會提供翻譯。人們會戴著耳機坐在那裡，他們會聽別人解釋你說的話，同時你也在說。我發現一件非常有效的事情，在會議之前，演講者要和譯者見面是非常罕見的。我喜歡做的事情是找到翻譯。也許我有一個說日語的人，一個說西班牙語的人，一個說法語的人，一個說義大利語的人，一個說德語的人。

　　有一次有一個講馬來西亞方言的人，那一組有許多不同語言的人。我和那組人坐下來說：「讓我給你們解釋一下我如何演講，以及我演講的內容，這是我為大家列出

我將談到的一些要點大綱。」我給了他們複印了一份我的演講大綱。這不是一個劇本，因為我的演講沒有腳本，但顯然是我接下來要涉及的幾個要點。他們能夠看到我正在使用的幻燈片，我下一步要講的幻燈片。所以，我給他們這個材料並且說：「讓我談論一下我將要做什麼。我將會講一個故事，和我們自己的文化相比，這或許在其它的文化裡有不同的意思。這是我故事的內容，這是這個故事的目的，和這是一個笑話，這個笑話在這個故事裡。這是為什麼人們在這個特殊的點會笑的原因。」這些人很喜歡，他們坐在這裡說：「哇唔，以前的演說家從來沒有告訴過我們這些東西。」接著，我說：「我能用什麼短語或單字來幫助日本人，例如，明白我很尊敬他們，我關心他們在這裡的事實？」他們給了我幾個要說的短語。我如何用馬拉西亞語說早上好？我怎麼用西班牙語或法語來做這件事？

所以，我從他們那裡學習了一點如何自行定義我的演講，並且他們從我這裡學習到很多如何去翻譯演講。並

且，在這樣做的同時，我顯示出了對翻譯者的尊重，我們是同行的演說家，我用那種方式和他們交談。我說，你們和我將會一起呈現這場演講。所以，讓我來給你們一些我將要如何做以及為什麼這麼做的線索，接著你們就能理解如何去表現，因為我需要你們這麼做。成為你的翻譯的好朋友，他們將會是你的好資源。

❖ 本課摘要

1. 生活在全球化的社會，我們會遇到越來越多說不同語言的人。很多時候，我們會進入會議室做演講，很多觀眾把英語當作他們的第二語言，很多時候，會議策畫者會提供翻譯。我喜歡做的事情是找到翻譯。

2. 成為你的翻譯的好朋友，他們將會是你的好資源。

第四十七課：在你的演講之後安排什麼？

　　你的演講結束後會發生什麼事？他們要去一個專業研討會嗎？他們將會在下午起飛嗎？他們從會場直接回家嗎？公共汽車會停到前門並且每個人都能進入公共汽車，提取他們的行李嗎？他們去打高爾夫球嗎？你演講之後發生了什麼？看一看，你演講之後發生的事情會給你提供一些關於你能在演講中做什麼的想法。因為，如果你知道他們將要去一個研討會，然後你需要給他們一些實際的東西，這樣他們在進入另一個議程前就可以記住你的觀點。如果你知道他們將要去打高爾夫球或今天下午你去高爾夫球場時會這樣說，讓我給你幾件事來考慮和討論。你播下一些種子供他們聽完後來討論。如果他們從會議直接回家，你可以說：「當你要回家時，你知道會很容易去把這些想法放到一邊，並且去關注你日常的

煩惱。這裡有一個方法把這個融入你接下來的生活中，這樣，在會議結束後，它會為你帶來回報。」演講應該有點像是高中畢業。它不是一個結束，而是一個儀式典禮，是應用過程的開端。

通過這場演講，學習過程已經結束，但是應用過程才剛剛開始。學習過程可能已經結束，但這些人的應用程序才剛剛開始。所以，給他們一些關於如何繼續成長的指導，給他們一些技巧，給他們一些工具例如書、講義、材料、文章、使用提示卡—諸如此類。給他們一些他們具體能做的事情的建議。開始人們之間的對話。引導他們到你的網站，並為他們提供一些資源。不管怎樣，給他們一些簡單易懂，容易使用的東西，當你演講完之後，他們可以繼續學習。

❖ 本課摘要

　　1. 你演講之後發生的事情會給你提供一些關於你能在你的演講中做什麼的想法。

　　2. 演講應該有點像高中畢業。這不是一個結尾，而是一個開端。這是應用進程的開始。給他們一些具體能做的事情的建議。

　　3. 引導他們到你的網站，並為他們提供一些資源。不管怎樣，給他們一些簡單易懂，容易使用的東西，當你演講完後他們可以繼續學習。

第四十八課：你應該花時間
去感謝誰？

在我的職業生涯中，我曾經有過最好的時光，那就是當我停下來感謝那些幫助我走到今天的人的時候。我在我滿 10 年的紀念日就這麼做了，在第 20 年，第 25 年也是這麼做的。我發現當我讓他們對他們所做的貢獻感到滿意時，這讓我感覺好極了。當你演講時，你也可以運用同樣的原則。你會花時間感謝使你那次演講成功的人是誰？

例如，會議策畫人把所有的心力都投入到會議中。會議的組織人員怎麼樣？提前向你提供資訊的人怎麼樣？也許你採訪了一些人來了解這個團體的需求，或者能幫助你的演講。如果你在演講過程中適當的點花些時間感謝這一些人，你不僅會讓自己感覺良好，也會贏得他們的尊重。你會與他們共享聚光燈下的時刻。在很多情況下，

你更會贏得他們永遠的支持。你可以花時間去感謝主辦方和觀眾。你可以感謝你的員工。在這個場景中找出合適的感謝對象。做更多你需要做的事。要足夠強調他們，因為更多人的協助使你能有一個很好的演講。

❖ **本課摘要**

1. 在我的職業生涯中，我曾經有過最好的時光，那就是當我停下來感謝那些幫助我走到今天的人的時候。

2. 如果你在演講過程中適當的點花些時間感謝這些人，你不僅會讓自己有良好的感覺，也會贏得他們的尊重。

3. 你可以花時間去感謝主辦方和觀眾。你可以感謝你的員工。

第四十九課：做一個低維護的演講者，了解你在整個會議中的位置

　　很多年以前，我查看我們和客戶之間的聯繫記錄。我注意到我們給每個客戶打了很多電話，比如說9、10、12、15個電話。於是我打電話給我的員工詢問，這是為什麼？為什麼要打這麼多電話？員工說他們必須要確認行程，確認產品，確認所有這些不同的東西。我說，難道你不能在一兩個或三個電話裡完成嗎？好的，但有時這是因為……我說，讓我們退後一步，看看我們可以如何協助客戶，好嗎？我認為我們需要知道我們在會議籌備過程中的位置。我說，這是他們的回覆，對嗎？他們開會時發生了什麼事？嗯，首先，組織工作。他們掌握了會議的全部細節，他們必須運送所有的材料到會議室，必須準備房間布置，所有的裝飾、所有的禮物和東

西都要分發給聽眾。為了這次的會議行程，他們其中有些人必須先到達那裡，他們必須協調旅行，他們必須知道那些人什麼時候來。他們也要安排接待貴賓和處理會議細節。他們必須與名人打交道。他們必須與公司高管、行業發言人、來訪的重要人物、新聞界這些人打交道。如果某個特定組織與此會議相關，您還可以添加新聞發言人。同時必須為他們提供飲食和服務，這是一個巨大的責任。

他們必須負責所有的食物和所有這些事情的時間安排。他們必須安排會議的休息時間。他們有會議的住宿地點，有視聽資料，並且這一切都在變動。這些事情只會越變越多，在這裡你就是那個演講者。當這一切組合在一起，我給員工說，鑑於我們的任務這麼龐大，他們的會議那麼繁複，為了使會議順利進行，我們需要打多少電話？他們說，說的好，我們不應該是他們的眼中釘。他們有這麼多人要應對。他們最不需要的就是一個需要高度維護的演說家。所以，讓我們開始看看與每一

位客戶洽談即將召開會議的所有過程（我們在辦公室裡跟著的）。我們簡化了內容，使它變得更簡單、更順暢，這樣會減輕會議的負擔，這樣安排的演講也會更令人嚮往。

❖ 本課摘要

1. 很多年以前，我查看我們和客戶之間的聯絡記錄。我注意到我們給每個客戶打了很多電話。

2. 讓我們開始看看與每一位客戶洽談即將召開會議的所有過程。我們簡化了內容，這樣會減輕會議的負擔。

第五十課：在你的網站上為他們
提供價值

　　上帝保佑網際網路。年輕人，我告訴你，我們有最好的資源和網站。我曾經有一本叫做《每個人的商業年鑑》，每年出版一次。這與世界上每一家大公司的網站是相當的。會用一段內容來回顧公司的歷史，即公司目前的股票狀況和獲利能力，他們所擁有的辦公處數量，以及在公司內部的關鍵機構。今天我們可以去一個網站，了解更多關於我們的客戶的資料。

　　這對我們準備演講也很有好處。我們也需要有我們自己的網站，這會對我們演講之後的人們發揮作用。我們需要在自己的網站上提供價值。我很幸運地在其他人申請之前得到了卡斯卡特這個名字，所以Carthcart.com是我的個人網站和商務網站。在那裡我有很多資源供人們使用，但人們不知道這個網址，除非你向他們提供這些訊

息，你讓他們知道那裡有什麼以及為什麼他們應該去你的網站。我認為你應該以書面形式提供你的演講筆記或任何適合的背景及網址的詳細資料。

我在演講中告訴人們，如果你想要我剛才讀的內容副本，接下來在我的網站上有一個轉載。只要找到文章，點擊關鍵字，你就可以免費下載了。並且許多次在我演講快要結束的時候，我有一張幻燈片，上面寫著在網站上有 3 篇你會喜歡的免費文章，分別是：擴展生活的 11 種方法，今年提高銷售業績的 21 種方法，以及今年增長業務的 15 種方法。我會強調這是免費的材料，大家可以通過我的網站繼續學習的進程。你也可以提供你的演講筆記。你僅僅告訴大家發郵件給 jim@cathcart.com 並寫上演講筆記。我就會知道這封郵件是來自觀眾的，並且會發給你一個 PDF 文件的副本，基本上是幻燈片的影像檔，他們可以自己保存和閱讀，可以有這些 PDF 文件的材料，但不能讓他們做同樣的幻燈片示範或使用幻燈片自己講。如果我們能讓網站成為擴展我們演講的工具，很多

時候這也正是觀眾們需要繼續的學習過程。

❖ 本課摘要

1. 今天我們可以去一個網站，了解更多關於我們客戶的訊息。這對我們準備演講也很有好處。

2. 我們也需要有我們自己的網站，這會對聽我們演講之後的人們發揮作用。我們需要在自己的網站上提供價值。

3. 我認為你應該以書面形式提供你的演講筆記或任何適合的背景及網址的詳細資料。

4. 如果我們能讓網站成為擴展我們演講的工具，很多時候這也正是觀眾們需要繼續的學習過程。

第五十一課：會議室災難與恢復策略

　　我寫過最受歡迎的文章是一年前的一篇《我所知道的會議室災難》。我討論了在演講的過程中你會遇到不同種類的麻煩以及一些你可以從中恢復的技巧。我所遇到的事情包羅萬象，這都能歸結為一種簡單的公式。你可以看看問題出自哪裡，例如沒有燈光，光線不足，或聲音不夠大。或許是麥克風停止運行了，或許是沒有麥克風。順便說一下，這是一個快速的技巧，如果有觀眾問你，你是真的需要一個麥克風嗎？說不用，我都聽得見，但是如果你希望觀眾都能聽得到，就會讓我用麥克風了。麥克風不是為演說家準備的，而是為觀眾準備的。你可能會遇到的另外一件事情是你可能沒有聽眾，或有不對的聽眾，或者聽眾太少或者聽眾太多，或者沒有你的介紹，或者介紹有誤，或者是視聽設備壞了，或是視聽資料有問題。或許另一位演說家沒有出現，或是你的時間

不夠用，或是環境出了問題。

我將要跟你講一個很快的故事。很多年以來我都在演講。21 世紀以來，我一直在進行一系列的銷售會議。這件事發生在 1970 年代末 1980 年代初的俄亥俄，我當時的主管是一個叫 Roy McKinney 的男人。Roy McKinney 和我從一個城市到另一個城市，我們做了很多事情。就在托雷多演講之前，他上了床睡了一會兒，然後下樓來了。當你小睡一會兒，你在睡後的頭幾分鐘內還不會完全清醒。所以，當他回到會議室，還在午睡的昏昏沉沉狀態中，但他不得不為我做介紹。現場有好幾百位的觀眾，氣氛非常熱烈。

他開始說這場旅行有多麼的激動人心，以及所有的特賣會。他說：「我已經和我們的演說家在一起旅行了很多天，他是這樣的一個人。然後他開始喋喋不休的給觀眾說起他認為感人的和有價值的關於我的事情。他說，現在他在這裡等等。」而他完全對我的名字一片空白，忘記了我是誰。我的意思是，他知道我是誰但他忘記了我

的名字並且我看見他卡在了那裡。與其讓氣氛變得尷尬不如使之變得有趣。所以我從觀眾席上跳起來跑上舞台，就好像我正在表演我們一起解決這個問題。我說：「看，我在這裡找到了。」接著我查閱了一些文件，拿出了一個有我照片的小手冊。我說：「他在這裡呢，他就是吉姆‧卡斯卡特。」他說：「是的，女士們先生們，他就是吉姆‧卡斯卡特。」這時觀眾們大笑並且鼓掌，我開始了我的演講，就彷彿這一切是我們提前計劃好的。嘖，我們躲過了一劫。但是，如果我沒有準備去做那樣的事情，那我就真的想不到那麼去做了。所以，如果沒有那種意識，我會怎麼做呢？會有什麼選擇呢？我們該如何做到不過於嚴肅的對待自己呢？

有一次我在舊金山演講，我的會議策畫者被叫到了另一個會場而不能及時介紹我去演講。在 18 個人的會議室，我要做銷售培訓會而他們並不知道我要做什麼。他們只知道這裡有一場銷售大會。他們來到會議室坐在那裡，我也坐在那裡，而主持人始終沒有出現。開會的時

間到了。幾分鐘過去了，我在想是見鬼了嗎？這裡是有一場會議，我也在會場，或許是我要自己介紹自己。所以我站起來說，下午好，感謝大家的到來。我們今天的演說家是……於是我逐字逐句的讀了我的介紹。我說：「現在讓我們歡迎吉姆·卡斯卡特，接著，我轉過身去說非常感謝你的介紹。這是一個非常好玩的方法但不一定起作用。但在做這件事情時他們都笑了，我說我確定他將要來了，但是有一些事情拖延，無論如何會議都要繼續。」這樣大家都覺得很好並且會議進展順利。

還有一次，我開車 130 英哩去參加一個會議。到了會場，一位男士出現了。這位男士是來主持會議的。他的工作做得並不好，他把會議的消息說出來，而想吸引來的人並沒有人來。此刻，我不是一位職業演說家，而是美國青年商會的工作人員，我主管著領導力培訓項目。這位男士的名字叫詹姆斯。他來到這個會議上，而其它的人並沒有來因為詹姆斯的工作做得不好，而不能提高會議的水準。所以我說：「好的，詹姆斯，請坐。你是這一

區域的負責人，我將會給你一個研討會並且我希望你能把這個消息帶給應該來到這裡的人。」他說：「好的。」所以我做了一個一對一的培訓，教他如何去做我將要做的展示，並且他把它帶給其他青年商會組織。

有一次我在明尼阿波利斯，發生了另一場會議災難。他們在一個市中心的酒店裡布置了一場會議，因為酒店裡其它的會議都是滿的，所以我們的會議被安排在了游泳池旁。很多桌子都在泳池的一端，甚至還有幾張桌子就在游泳池的邊緣。但是他們布置了主桌，安排主桌是非常普遍的，當觀眾回到自己的椅子上，或許椅子一不小心就會掉進泳池。如果你曾經在室內游泳池，你知道這就像一個最糟糕的音響工作室。所有的聲響基本上都有回音。這是在一個非常令人討厭的地方舉辦會議，因為任何人所說的話都迴盪在整個房間裡。我意識到，坐在主桌上的人可能會意外地把椅子拉得太高，或者意外地在別人椅子後面亂踩，而掉進游泳池裡。所以，我主動通知其他人潛在的可能危險性，即使我是一個客座演說

家。我們做了一些小的調整來讓全場更安全。接著，當會議開始，我讓他們對音響做了一些評論，並爭取對觀眾做糟糕會議的補償。接著輪到我演講了，我從後面的桌子後面走出來，在人群中一圈一圈地講了一番，情況很好。

有一次我在佛羅里達州，我無意中聽到了一位主辦方的話，我早在演講前的兩三個小時就到那裡了。主辦方在和別人說話時很苦惱。我說：「發生了什麼事？」他說：「我們的另一位演說家仍然在波士頓的機場，他不能按時趕到這裡。」我說：「哇唔，他是不是很晚才打電話過來？」他說是的。我說：「那讓我來吧。」他說：「似乎你的演講不是兩個小時的。」我說：「我準備好了。你做介紹，我會立刻準備好。」他說：「你真是救了我一命」，接著他讓我來做那場演講。接下來，在兩場我要講的內容之間有一個短短的休息。我下去進一步探討了其中的一些想法，做了第二次演講。我沒有額外收費。主辦方非常喜歡我的演講，他簡直如釋重負，我從災難中救

了他，他還給我安排訂了另一場演講。

　　有一次在伯克萊屯，我被安排了一個小時的演講，我準備好到達那裡做出我所講過的最好的演講。我意思是，我真的是準備好的。把一切都放下，確切的知道我該怎麼做。主辦方過來說：「先前的演說家演講超時了而我不知道該怎麼辦？」我說：「只要向他提議，如果他不接受，你就走到舞台上說聲謝謝，我們就要結束演講了。我們將要進行下一場演講。」他說：「不，我不想那麼做。」主辦方不想打斷這個傢伙，他顯然超時了四十分鐘，於是我一小時的演講現在要變成 20 分鐘的演講了。這個傢伙說：「你能夠把時間減到 20 分鐘嗎？」我說：「可以，但將不會是同樣的演講。只會是我原本想講內容的一小部分。」他說：「可以。」所以，我給大家講了我原本準備好的三部分內容中的一部分，一切都進展的很好，甚至觀眾們都不知道其餘 40 分鐘的內容被刪減掉了。所以，當你不得不刪減內容時要記得觀眾並不知道你將要做什麼。

另外一場災難，是幾年前我們在德莫特阿肯色的地下室教堂。這個教堂是在一個小的農村社區，大約有40~50人在那裡。正值炎熱的夏天，天氣非常熱，而空調壞掉了，人們都快被烤化了。他們都盛裝出席會議，我也準備上場演講。我坐在那裡思考著我該怎麼做？雖然我很在乎協議但我也想舒適一些，如果我站在觀眾的立場我該如何做？接著，我有一個主意。於是，我去了自助餐廳，那是他們在會議前吃點心的地方。我拿起一堆紙盤。當我被介紹上臺演講的時候，我把紙盤子放在房間的旁邊並且說：「請拿起一個紙盤子。把它遠遠地從你的頭上拿出來，數到一，把它帶回到你的肩膀上，數到二，把它放回你面前。你會那樣做嗎？我數著一二加油，動起來，熱的好像火焰在燃燒。要讓你自己感覺到舒適並且使用這個方法讓你變得涼爽。」觀眾們都笑了，並且很喜歡這個方法，我們的會議進展的非常順利。所以任何時候，當你處在一個似乎一切都分崩離析的境地時，只要記住你為什麼在那裡。記得他們也在經歷你的感受。所以要試著去解決問題，而不是忽視問

題。儘管做一些有創造性或好玩的事情，如果你可以幫助他們緩解這個問題，如果你可以幫助會議計劃者更有效的處理出現的問題，那麼你將會成為觀眾心目中的英雄，他們也會喜歡你所講的內容。

❖ 本課摘要

1. 會場災難包羅萬象，你可以看看問題出自哪裡，例如沒有燈光，光線不足，或聲音不夠大。或許是麥克風停止運行了，或許是沒有麥克風。

2. 任何時候，當你處於一個似乎一切都分崩離析的境地時，只要記住你為什麼在那裡。記得他們也在經歷你的感受。所以要試著去解決問題，而不是忽視問題。

3. 儘管做一些有創造性或好玩的事情，如果你可以幫助他們緩解這個問題，如果你可以幫助會議計劃者更有效的處理出現的問題，那麼你將會成為觀眾心目中的英雄，他們也會喜歡你所講的內容。

第五十二課：開始成為一名演說家

　　你準備如何開始成為一個演說家呢？讓我們回到1974年，回想那個年代或者更久，那時我剛開始成為一名演說家。我曾經賣伯爵‧南丁格爾的錄影帶，當我去鳳凰城參加會議時遇到了一個叫比爾‧戈夫的人。比爾‧戈夫是第一任國際演說家協會的主席，我問他我要開始成為一名演說家需要知道些什麼？我已經在那裡賣錄影帶有一陣子了，但我想做像你一樣賴以維生的事情。於是他給我講了個他最初成為演說家的故事。

　　他參加了一個會議，聽了Kenneth McFarland博士的講話，他是上個世紀最偉大的演說家。McFarland博士在上一世紀發表了最精彩的演說，戈夫走上前去對他說：「McFarland博士，我想做你做的事。我想成為一名演說家。」McFardland博士看著他說：「你想成為演說家嗎？那你就多演講，這就是真理。你可能想這麼說有

點差勁，我意思是要多給我一些資訊。這或許不是一個好的建議，但如果你想演講，如果你想建立你的演講生涯，那就要走出去多做演講。」你或許會問在那裡演講呢？誰會付錢給我呢？這不是你要擔心的。當你開始成為一名演說家，你所要做的第一件事情就是開始演講。任何機會，只要有一群人聚在一起，你就有理由站在他們面前，分享一些想法，要走出去說出來。看，你需要開發你的資訊，確定你的市場，有一些經驗，對嗎？關於資訊，你有許多可以講的，比如你的生活，你的專業知識，以及一些時事新聞。

有很多事情可以談論，你需要決定的是你的訊息內容和關注的人是否想聽到這些內容。所以開發你的訊息，開始做一些筆記。寫下所有與你講的內容相關的故事和想法。一些你知道別人可以從中受益的事情。把它們寫下來，並盡可能多些內容，這樣你就可以回頭看它，並隨著時間的推移可以確認你的資訊。我的意思是從一開始不一定會很受歡迎，這需要時間來培養。接下來，要看誰

是你的目標市場？誰會是那些想知道或想聽你演講的人？
這將需要一些時間來確定它是否是一個商業市場，是否是
特定的行業，是什麼教育程度的人，是年輕人還是年長
一些的人，這些都沒關係。接下來你需要做的事情是去
獲得一些經驗。我所說的獲得一些經驗就是直到你有大量
糟糕的演講狀況後才會成為一名職業演說家。你必須在一
個大家都快被熱死的房間裡演講。你必須處在一個很冷的
房間裡演講，那裡加熱器無法運作，每個人都冷的瑟瑟
發抖。你得在燈光不好的地方，隔壁房間噪音太大的地
方演講。或者在你之前演講的傢伙超時 30 分鐘並且占據
你大部分的說話機會。或是在人們因為發生了一些壞事情
帶著極壞的情緒來到房間，在坐下來開始聽你講話時心煩
意亂的地方演講。或者你演講的地方主持人不知道你是誰
並且介紹的很差勁，你自己必須想辦法救場。

　　要成為一個好的演說家很容易，但是在環境不好的
情況下還想成為一名好的演說家那就不容易了。這就是
為什麼如果你想成為一名專業的演說家你的經驗如此重

要。人們會說，不，我有許多商業經歷，我一直在戰壕裡。我得到了一個消息，這個世界需要我說的話。我準備好了，我要開始充電。好吧，試試看，祝你好運。但我的信念是今天開始演講的方式，是加入全國演講者協會。開始去參加他們的地方會議，參加一些全國性會議，閱讀他們的出版物，瀏覽他們的網站，獲取一些內容以及他們過去做過的一些項目的筆記。要開始了解演講行業，並且當有人給你機會去演講時一定要抓住，要多學多練。弄清楚如何與所有不同類型的觀眾保持接觸，包括那些不一定和你有連結的人。當你發展你的技能和訊息，當你會鑑別市場，當你有了一定的經驗時，你的演講生涯將會從此起飛。

❖ **本課摘要**

1. 你想成為演說家嗎？那你就多演講，這就是真理。

2. 當你開始成為一名演說家，你要做的第一件

事就是開始演講。任何機會，只要有一群人聚在一起，你就有理由站在他們面前，分享一些想法。

3. 你需要開發你的訊息，確定你的市場，有一些經驗。

4. 要成為一個好的演說家很容易，但是在環境不好的情況下還想成為一名好的演說家那就不容易了。這就是為什麼如果你想成為一名專業的演說家你的經驗如此重要。

5. 當你發展你的技能和訊息，當你會鑑別市場，當你有了一定的經驗時，你的演講生涯將會從此起飛。

第五十三課：如何在演講行業中出名？

　　如何在演講行業中出名？如何建立好的聲譽？首先，你必須理解演講這個行業是什麼。演講產業是由許多元素構成的。一些其他的演說家最被容易發現的地方是全國演講者協會，這是組織聚集之處。這裡有國際專業會議，有美國協會的主管，有美國培訓和發展協會，有國際演講協會。各種類型的組織組成了演講的行業。你如何在行業裡面出名呢？首先要積極參與這個行業。到外面去做點事。我的意思是不僅僅演講，還要積極地參與這個行業。參加一些會議，成為一個好的觀眾，與人交往，會見一些人，參加一些社交活動。許多演講者的問題是他們想在業內獲得知名度。他們去會場告訴人們關於他們自己的事。這是最快進入這個行業的方式，你不想被人們認為你只是想談論自己的人。

要想在這個行業中出名，要先參與其中，參加一些會議，了解一些人，做一個給予者而不是一個索取者。主動在會議中提出幫助，主動做介紹，看在上帝的份上，不管怎樣主動幫助整頓會議室。但是參與進來要讓別人看到你真誠的貢獻而不是要拿走什麼。接下來，如果你想出名，該如何被大家知道呢？這裡有一個想法，做一個小小的練習，問問你自己，五年後我想出名到什麼程度？五年後我想要朋友們如何看待和談論我？寫下一小段你希望朋友們五年後如何看待你的內容。接著，考慮一些你所知道的以及你想更了解的同事，你希望他們在五年後如何看待和談論你？你的鄰居呢？你希望他們在五年後如何看待和談論你？你現在或者將來的客戶呢？你希望他們在五年後如何看待和談論你？行業內的人或正在追求其它行業的人呢？無論是演講行業還是有其它目標，你希望這些人從五年後如何看待和談論你？接下來的一步，在你寫完所有的這些內容後，你要把所有的觀點總結成一小段，這會讓你聚焦在你想如何被大家知道。你會贏得聲譽，擁有你所說和所講的一切。現在，

你也需要決定你想讓誰知道你。所以，盡可能清楚地了解你想要聚焦的市場。但是，你如何在演講行業中出名呢？首先，要活躍起來。第二，有好的關於你如何出名的方法和思路。第三，要清晰的知道你想讓誰知道你。當你這麼做之後你的演講生涯將會飛黃騰達。

❖ 本課摘要

1. 如何在演講行業中出名？如何建立好的聲譽？你必須要理解演講這個行業是什麼。不僅僅演講，還要積極地參與這個行業。

2. 要想在這個行業中出名，要先參與其中，參加一些會議，了解一些人，做一個給予者而不是一個索取者。

3. 做一個小小的練習，問問你自己，五年後我想出名到什麼程度？五年後我想要朋友如何看待和談論我？寫下一小段你希望朋友們五年後如何看待你的內容。這樣會讓你聚焦在你想如何被大家知道。

4.你如何在演講行業中出名呢？首先，要活躍起來。第二，有好的關於你如何出名的方法和思路。第三，要清晰的知道你想讓誰知道你。當你這麼做時你的演講生涯將會飛黃騰達。

世界上最偉大的 53 堂演說課：
全球首席演說教練吉姆‧卡斯卡特，從觀念到細節，迅速提昇你的演說能力，40 年專業技巧完整解析，教你演說博得滿堂彩

作者／吉姆‧卡斯卡特, 林裕峯
文字編輯／黃冠升
美術編輯／達觀製書坊

企畫選書人／賈俊國

總 編 輯／賈俊國
副總編輯／蘇士尹
行銷企畫／張莉滎　蕭羽猜　黃欣

發 行 人／何飛鵬
法律顧問／元禾法律事務所王子文律師
出　　　版／布克文化出版事業部
　　　　　　115 台北市南港區昆陽街 16 號 4 樓
　　　　　　電話：(02)2500-7008 傳真：(02)2500-7579
　　　　　　Email：sbooker.service@cite.com.tw
發　　　行／英屬蓋曼群島商家庭傳媒股份有限公司城邦分公司
　　　　　　115 台北市南港區昆陽街 16 號 8 樓
　　　　　　書虫客服務專線：(02)2500-7718；2500-7719
　　　　　　24 小時傳真專線：(02)2500-1990；2500-1991
　　　　　　劃撥帳號：19863813；戶名：書虫股份有限公司
　　　　　　讀者服務信箱：service@readingclub.com.tw
香港發行所／城邦（香港）出版集團有限公司
　　　　　　香港九龍土瓜灣土瓜灣道 86 號順聯工業大廈 6 樓 A 室
　　　　　　電話：+852-2508-6231　　傳真：+852-2578-9337
　　　　　　Email：hkcite@biznetvigator.com
馬新發行所／城邦（馬新）出版集團 Cité (M) Sdn. Bhd.
　　　　　　41, Jalan Radin Anum, Bandar Baru Sri Petaling,
　　　　　　57000 Kuala Lumpur, Malaysia
　　　　　　電話：+603- 9056-3833　　傳真：+603- 9057-6622
　　　　　　Email：services@cite.my
印　　　刷／韋懋實業有限公司
初　　　版／2025 年 1 月
定　　　價／380 元
ＩＳＢＮ／978-626-7518-35-9
ＥＩＳＢＮ／978-626-7518-40-3（EPUB）

城邦讀書花園
www.cite.com.tw

布克文化
WWW.SBOOKER.COM.TW